AMNESIA

MARIO ESCOBAR

Copyright © 2018 Mario Escobar

DEDICATORIA

A todos los que alguna vez han tenido que olvidar.

A los jueces, policías y abogados que intentan encerrar a los culpables y librar a los inocentes.

" Loco no es el que ha perdido la razón, sino el que lo ha perdido todo, todo, menos la razón".

Gilbert Keith Chesterton

" En el amor siempre hay algo de locura, mas en la locura siempre hay algo de razón".

Friedrich Nietzsche

"El que busca la verdad corre el riesgo de encontrarla".

Manuel Vicent

"La verdad es el mejor camuflaje. ¡Nadie la entiende!"

Max Frisch

"El amor, para que se autentico, debe costarnos".

Madre Teresa de Calcuta

NOTA DEL AUTOR

Todo lo que relato en este libro está inspirado en hechos reales, aunque muchos de los acontecimientos y nombres han sido modificados para proteger a las personas implicadas.

Mario Escobar

Amnesia:

Pérdida parcial o completa de la memoria. Un trastorno del funcionamiento de la memoria durante el cual el paciente es incapaz de conservar o recuperar información almacenada en su cerebro.

Contenido

Prólogo

Lago Narrows, Minnesota, verano.

Paul y Robert habían salido antes de la oficina para pescar en el lago. Eran amigos desde la Primaria, trabajaban en la misma agencia de viajes extremos de aventura y se habían casado con dos de sus compañeras de la Escuela Secundaria; Rosemary y Anna, dos de las muchachas más guapas del condado y las mujeres más absorbentes del estado de Minnesota. El único momento del día en el que les dejaban tomarse unas cervezas, hablar de los viejos tiempos y olvidarse de su monótona vida en aquel lugar apartado del mundo, era cuando salían a pescar. Paul siempre tomaba la iniciativa, por algo había sido el capitán del equipo de rugbi. Era de corta estatura, pelo castaño, perilla algo canosa, ojos avellana y complexión robusta. Su amigo Robert era más alto y estilizado, con el pelo lacio y más moreno, las facciones suaves y una voz ronca.

Los dos amigos caminaron por el sendero, después de dejar su furgoneta Toyota en el camino principal, hasta un lado del lago donde siempre había un gran número de peces. Aquel lugar era especial: en otoño los árboles rojizos parecían arder bajo el sol mortecino de octubre; en verano el calor podía llegar hasta los cuarenta grados y, con la sensación de humedad, se sudaba como si te estuvieran asando a la parrilla en la feria local de Internacional Falls.

Llegaron a un pequeño claro junto a la orilla del lago y sacaron todos los utensilios de pesca, se colocaron el peto impermeable para poder meterse en el agua y colocaron los cebos para la pesca con mosca. Lo cierto es que no les importaba llevar ninguna pieza a casa, todo lo que lograban sacar del lago era devuelto de inmediato a las heladas aguas del Narrows, pero siempre era gratificante engañar a los peces y hacerse con varias capturas. Durante unos segundos la adrenalina corría por sus frías venas y sentían que había aún algo por lo que emocionarse y levantarse cada mañana para ir a la oficina.

Paul salió del agua sin previo aviso, su amigo le miró de reojo, imaginaba que se estaba orinando, pasados los cuarenta la vejiga parecía siempre a punto de estallar. Robert miró al cielo despejado de la tarde, aquella paz era inigualable. Un par de veces había estado en la ciudad de Nueva York y en una ocasión en Toronto, pero no cambiaría aquellos inmensos bosques vírgenes por la locura del asfalto y los coches soltando su vómito de humo por todas partes, ni por todo el oro del mundo.

—¡Dios mío! —escuchó gritar a su amigo. Robert notó cómo el corazón le latía con más fuerza y tiró la caña de pescar a un lado y salió con dificultad del fango. Apenas había caminado unos veinte metros cuando vio a su amigo con la cremallera bajada mirando algo en el suelo. Al principio pensó que se trataba de una serpiente, pero cuando vio un pie descalzo supo que era el cuerpo de una mujer.

—¿Qué demonios? —logró decir mientras se agachaba delante de una mujer de algo menos de cuarenta años, con el cuerpo magullado, una melena rubia suelta a un lado y la ropa hecha jirones. La mujer se aferraba a un muñeco de peluche de color marrón, sucio y al que le faltaba uno de los ojos negros. Al principio pensaron que estaba muerta, nunca habían visto un cadáver que no fuera en el tanatorio del pueblo, pero aquellos siempre iban bien vestidos y maquillados.

Paul se cerró la bragueta y puso la mano delante de la nariz de la mujer, después le tomó el pulso. Parecía débil, como el de un reloj al que se le están terminando las pilas.

—Está viva —dijo el hombre mirando a su amigo. Robert sonrió como si aquella buena noticia le tranquilizara en parte. Aunque sabían que tendrían que andar algo más de dos kilómetros para llegar a su furgoneta, allí tenían más posibilidades de que sus teléfonos tuvieran cobertura.

—¿Qué hacemos con ella? —preguntó Peter.

—La llevamos hasta la Toyota. Tiene que verla un médico cuanto antes.

Los dos hombres dejaron todos los útiles de pesca frente al lago y cargaron con la mujer cuesta arriba, cuando llegaron a la carretera se encontraban exhaustos. Llamaron a emergencias y la tumbaron en la parte trasera de la furgoneta. Escucharon que la mujer susurraba algo, parecía un nombre o al menos eso entendieron. Se acercaron para intentar escuchar mejor y la mujer abrió los ojos de repente, dándoles un buen susto.

PRIMERA PARTE

1. MUJER

Nadie había denunciado la desaparición cuando aquella mujer fue encontrada en el Parque Nacional de Voyageurs, justo en la frontera entre los Estados Unidos y Canadá. Por eso, cuando dos pescadores en las inmediaciones del Lago Narrows encontraron a una mujer inconsciente de raza blanca y pelo rubio, con las ropas desgarradas y la llevaron a la oficina del sheriff, nadie supo qué hacer. No tenían ni idea de quién se trataba, su nacionalidad o datos personales. Entre sus pertenencias se hallaba un teléfono móvil dañado, un tique de compra de una tienda en Ericsburg y un oso marrón de peluche al que le faltaba un ojo. No eran muchas pistas para empezar o al menos eso era lo que pensaba Sharon Dirckx, la ayudante del sheriff de Internacional Falls. Sharon era una agente de poco más de veinte años; su pelo rojo y rizado, siempre parecía aprisionado en el moño apretado de la nuca, bajo el sombrero redondo de ala ancha. El uniforme tampoco era muy favorecedor. Su perfecto cuerpo se disimulaba bajo aquella camisa marrón oscuro y la cartuchera negra en la que colgaba el arma reglamentaria no dejaba ver sus hermosas caderas. La mujer aún estaba soltera, algo poco común en aquella comunidad cerrada, conservadora y en ocasiones asfixiante de Internacional Falls. Algo más de seis mil almas habitaban en el núcleo urbano, y al otro lado del río, en la parte canadiense Fort Frances, no llegaban a los ocho mil, pero no podían ser más distintos ambos lugares. En cuanto pisabas Fort Frances te dabas cuenta de que te encontrabas en otro lugar del mundo. La mayoría de los habitantes hablaban en francés y sentían un profundo desprecio por los anglosajones de la otra orilla.

Sharon se paró enfrente de la clínica psiquiátrica y miró por unos segundos la fachada de ladrillos rojos y ventanas blancas de estilo colonial. Aquel edificio siempre le había producido escalofríos, aunque el condado lo mantenía en un estado impecable, no dejaba de ser un antiguo manicomio del que se contaban horribles historias.

La mujer entró por el pasillo hasta el despacho del director del centro, el doctor Sullivan. Llamó a la puerta y pasó a un amplio salón que tenía las paredes forradas con estanterías de caoba, archivadores dorados y una gran mesa se levantaba de espaldas al amplio ventanal que daba a los jardines del complejo. El doctor Sullivan era un solterón de oro, un hombre de mediana edad, atractivo y con porte de antiguo galán de Hollywood. Se rumoreaba que había estado casado, pero que había perdido a toda su familia en un desgraciado accidente de tráfico, por eso cojeaba ligeramente y tenía una profunda cicatriz en su mejilla derecha que cruzaba su cara desde el ojo hasta la barbilla.

—Doctor Sullivan, me han comentado que la paciente está consciente por fin —dijo la ayudante del sheriff evitando cualquier tipo de protocolo. Los habitantes de Minnesota eran francos, directos y en ocasiones antipáticos.

—Bueno, al parecer, después de dos días, ha logrado recuperar la consciencia totalmente. Cuando la encontraron se despertó y murmuró algunas palabras, pero desde entonces había caído en otro estado de inconsciencia. Esta mañana volvió en sí, dijo que tenía hambre y preguntó al celador qué hacía aquí. No recordaba nada.

Sharon frunció el ceño y colocó sus manos en las caderas; después se sentó en una de las butacas forradas de cuero marrón y dejó el gorro sobre la mesa.

—¿Qué quiere decir? ¿Cómo que no recuerda nada?

—Bueno, al parecer no sabe ni su nombre. Le hemos preguntado, pero tiene la mente en blanco. Puede que se trate de un trauma, ya sabe el famoso síndrome de estrés postraumático, o lo más probable es que el fuerte golpe que tiene en la sien le haya producido una amnesia. Pero ustedes tienen su teléfono móvil y en el archivo de desaparecidos debería aparecer.

—Las huellas dactilares no nos han proporcionado ninguna información, puede que no sea estadounidense; el teléfono aún lo están examinando, se encuentra destrozado. De la ropa no se infiere nada, es común, pudo comprarse en casi cualquier sitio y el osito de peluche ha sido fabricado en China. ¿Cree que es canadiense?

—Puede ser, aunque se expresa en inglés, no creo que sea de esta zona —dijo el doctor, después apretó una tecla y miró con detalle el informe de la paciente en la pantalla.

—Debe de tratarse de una turista, pero no hay registros de las personas que acampan libremente, tampoco de las cabañas que se alquilan de manera particular, nadie ha denunciado su desaparición y lo más probable es que se perdiera en el bosque —comentó Sharon.

El doctor se tocó la cicatriz, como si el contacto de sus dedos sobre la piel marcada le ayudara a pensar con más claridad.

—No creo que llevara un osito entre su equipaje, me temo que viajaba con más personas, seguramente con hijos o hijas, esposo o amigas.

—Eso es lo que más nos preocupa: hemos inspeccionado la zona y no hay rastro de más personas desaparecidas. Tampoco los drones han encontrado nada. Si hay niños perdidos en el bosque, no sobrevivirán mucho más tiempo —dijo Sharon algo nerviosa. La incertidumbre siempre era mucho peor que la más terrible realidad. Ella sabía lo que era perder a alguien en el bosque: su hermana gemela se había extraviado en una salida familiar y nunca apareció. Algunas veces prefería pensar que seguía con vida en alguna parte. Aquello la consolaba un poco, pero no le permitía cerrar las heridas y comenzar una nueva vida. Los gemelos siempre guardaban un vínculo que únicamente la muerte lograba romper.

—¿Qué han descubierto del tique?

—Compró algunas cosas de primera necesidad como leche, pan de molde, latas, refrescos y chucherías —dijo la ayudante del sheriff.

—Lo que confirma que podía viajar con niños —comentó el doctor.

—Sí, hoy nos mandarán las imágenes de la calle de la tienda, al parecer el banco de al lado tiene una cámara de vigilancia.

—Puede que tengamos suerte y veamos si había más personas que viajaban con la mujer.

—¿Puedo verla?

—No estoy seguro de que sea una buena idea. Al ver tu uniforme se asustará. El miedo puede bloquear aún más su mente. Aún no he llegado a un diagnóstico definitivo, tengo que hablar con ella, aunque todo apunta a una amnesia postraumática debido al golpe o a una amnesia disociativa por un episodio de estrés intenso.

—¿Entonces?

—Está bien, pero únicamente unos minutos —dijo el hombre poniéndose en pie. Tomó unas llaves del cajón y salieron al pasillo central. Caminaron hasta una amplia escalinata de madera y ascendieron por ella hasta la primera planta. El edificio estaba completamente reformado, pero conservaba el estilo elegante del siglo XIX. Llegaron a una de las habitaciones del fondo y el doctor introdujo la llave en la puerta.

—¿Es necesario tenerla bajo llave? —preguntó Sharon.

—No recuerda nada. Podía intentar irse y se perdería por las calles del pueblo o en el bosque del otro lado de la carretera. Lo hacemos por su seguridad. De hecho les quería pedir que uno de sus agentes estuviera custodiándola, el golpe de la cabeza y las magulladuras no parecen producidas por la maleza o una caída —comentó el doctor antes de abrir la puerta.

—No me habían informado. ¿Piensa que alguien la agredió? —preguntó la mujer enfadada.

—Claro que la agredieron. Le pasé el informe a su jefe, incluso podemos asegurar que la forzaron.

Sharon le miró sorprendida. No entendía por qué el sheriff no le había dado esa información. ¿Cómo quería que averiguara lo sucedido si no estaba al corriente de todo? En cuanto se marchara de la clínica, pasaría por la comisaría para hablar con Frank.

Abrieron la puerta y vieron a una mujer rubia, llevaba un camisón blanco impecable y se había sentado al borde de la cama mirando en dirección a la ventana enrejada. Al escucharlos se giró y los miró fijamente, como si intentara comprender lo que estaba sucediendo.

Sharon la había visto dormida, pero ahora que estaba consciente le sorprendió su belleza, sus ojos azules eran tan intensos que parecían devorar la luz que entraba por el ventanal aquella luminosa mañana de verano. La mujer la miró, pero no mostró ningún tipo de sentimiento, aunque parecía confundida y algo adormecida por las drogas.

—Señora, esta es la ayudante del sheriff Sharon Dirckx. Quiere hacerle algunas preguntas. ¿Se encuentra con fuerzas?

La mujer hizo un leve gesto con la cabeza y después cruzó las piernas, el cuerpo debajo del liso camisón se intuía hermoso, su piel debía de ser muy blanca, pero se encontraba algo bronceada.

—Señora, lamento que esté en esta situación. El doctor me ha comentado que no logra recordar nada. ¿Conoce su nombre, procedencia? ¿Sabe si estaba sola? ¿Se perdió en el bosque?

La mujer encogió los hombros, no parecía preocupada ni estresada por la falta de memoria, pero sí algo incómoda, como cuando una prenda te queda demasiado ajustada y la presión te hace moverte inquieto.

—Si intenta recordar, ¿qué es lo primero que le viene a la cabeza?

—Lo único que recuerdo es esta habitación. Todo lo demás está en blanco.

—Habla inglés. ¿Es norteamericana?

—No lo sé —contestó la mujer, comenzando a ponerse algo inquieta.

—¿Quién es el actual presidente de los Estados Unidos?

—No estoy segura. ¿Barack Obama?

—Creo que es suficiente por hoy —dijo el doctor.

—Una cosa más —comentó la policía. Sacó de su espalda una bolsa transparente. Dentro se encontraba el oso de peluche.

La mujer se quedó observándolo muy seria, como si su mente intentara recordar algo. Después su gesto se torció y sus ojos comenzaron a empequeñecerse. Las lágrimas no tardaron en cubrir sus mejillas y la barbilla comenzó a temblarle.

—¿Recuerda algo? —preguntó Sharon esperanzada.

La mujer se puso en pie de un salto y extendió los brazos como si quisiera coger el muñeco. Sharon dio un paso atrás, pero antes de que pudiera reaccionar, la mujer se abalanzó sobre ella y la derribó. La policía intentó zafarse, pero la paciente tenía una fuerza endiablada. El doctor la aferró por los brazos, pero tardó un rato en hacerse con ella. Mientras intentaba que regresara a la cama, la mujer comenzó a gritar y patalear. Pronunciaba un nombre a gritos, aunque parecía más un gemido que una voz normal.

—¡Charlotte!

2. RECUERDOS

El doctor Sullivan regresó a su despacho y abrió con una llavecita un chifonier, sacó una botella de brandy y se sirvió una copa, se la bebió de un trago y repitió la operación tres veces antes de lograr calmar los nervios. Aquella mujer le recordaba a su esposa Margaret. Sabía que de estar viva ya no sería tan joven, habían pasado quince años y en aquel momento estaría rondando los cincuenta, pero el color de pelo, los ojos azules y brillantes, el cuerpo pálido y robusto, le recordaban a ella. Sus hijas se habían quedado estancadas en la niñez y la adolescencia, como si el tiempo hubiera querido retener sus cuerpos e impedirles convertirse en las personas que estaban destinadas a ser. Todas las mujeres de su vida habían desaparecido de repente y por su culpa. Aún recordaba aquella noche fría a las afueras de Saint Paul, cuando regresaban de la graduación de la secundaria de su hija Sally, apenas había bebido un par de copas de vino, pero por alguna razón se sentía mareado, seguramente había interactuado con la medicación que tomaba para las fuertes jaquecas que a veces sufría por las tardes. Desde la salida del colegio había hecho el esfuerzo de conducir hasta su casa, que se encontraba a menos de diez minutos en coche, incluso había pensado en decirle a su mujer que condujese ella, pero por pereza se había mantenido aferrado al volante, escuchando de fondo las risas de las tres, que comentaban los pormenores de la fiesta y lo que harían unos días después en sus esperadas vacaciones en Europa.

El doctor Sullivan era uno de los psiquiatras más reconocidos de la ciudad, desde su llegada a Minnesota había logrado convertirse en una eminencia y además, de su consulta privada, enseñaba en la universidad estatal.

No recordaba cómo, pero el coche derrapó sin previo aviso y comenzó a dar vueltas y perdió el control por completo. Lo siguiente que recordaba era su cara contra el volante, el sabor a sangre en la boca y el dolor en la pierna. Lo primero que hizo fue intentar atender a su mujer y a sus hijas, ni siquiera sintió el cristal que le atravesaba la cara y hacía que parte de su mejilla colgara sanguinolenta. Miró a un lado y vio a su esposa con una rama clavada en el pecho. Tenía la mirada perdida y la sonrisa aún dibujada en el rostro, como si no le hubiera dado tiempo a entender lo que ocurría. Gritó su nombre, pero era consciente de que estaba muerta y ya no podía escucharle. Se giró hacia atrás y vio a la pequeña con la cabeza destrozada contra el cristal de las ventanillas. La sangre cubría todo su traje de fiesta y chorreaba hasta sus zapatos de charol recién estrenados; su hija mayor en cambio gemía, como si quisiera sobreponerse y salir del coche.

Intentó salir del vehículo, pero tenía la pierna atrapada. Miró a su lado, buscando el teléfono, no lo encontró. Sabía que la policía no tardaría en acudir, aunque era consciente de que cada segundo era importante. Respiró hondo para calmarse, después le dijo a su hija que respirara despacio y si notaba que perdía sangre por algún lado intentase hacerse un torniquete, pero su hija no se podía mover tampoco.

Los servicios de emergencia tardaron muy poco. Atendieron a la chica, pero antes de que lograran llevarla a la ambulancia ya estaba muerta. Él pasó dos meses ingresado, la rehabilitación fue muy despacio, pero logró rehacer su vida, aunque en realidad a aquella agonía lenta no se le podía llamar vida. En realidad, era una especie de purgatorio. Una sala de espera anterior al infierno.

La bebida le ayudaba a calmar la conciencia, era una anestesia natural, con la dosis adecuada soportaba mejor la soledad, el dolor y la culpa. Era patético que él, que pasaba todo el tiempo dando consejos a los demás, fuera incapaz de superar la pérdida de su familia. No había nada más frustrante que saber diagnosticar lo que le sucedía y no poder hacer nada al respecto. Por eso se alejó de Saint Paul, su antigua vida y el mundo que siempre había deseado conquistar. En aquel lugar apartado era un solitario y desconocido psiquiatra que, como la mayoría de la gente que vivía en la frontera, quería esconderse de algo o de alguien.

El nombre de Charlotte volvió a su mente tras recordar la reacción de la mujer. Sin duda se trataba de su hija y, por el osito, no creía que tuviera más de ocho años. La idea de que una niña indefensa vagara por los bosques de la zona le hizo sentir otra punzada de angustia y bebió un nuevo trago. Cuando aquel brebaje comenzó a hacer efecto, se recostó en la butaca y cerró los ojos. Intentó pensar en la mejor manera de rescatar los recuerdos de la paciente, aunque le irritó especialmente la ironía que, mientras lo que él deseaba con más fuerza en su vida era poder olvidar, aquella mujer desesperada, una planta más arriba, necesitaba recordar. La memoria era siempre caprichosa, lograba robar a los hombres la paz, trayendo a su mente episodios terribles o monstruosos sentimientos de culpa, pero a veces jugaba a borrar de nuestras mentes los momentos felices, aquellas cosas por las que realmente merecía la pena vivir.

El doctor Sullivan encendió el ordenador y por primera vez en muchos años miró la foto de su esposa y de sus hijas hecha unas horas antes de desaparecer para siempre. Al contemplar sus rostros sonrientes y sus ojos centelleantes de vida, se preguntó qué sentido tenía la existencia y por qué él continuaba aún vivo. Sabía que aquella pregunta no tenía respuesta, pero la única forma de no volverse loco era continuar haciéndola una y otra vez, para soportar sus terribles recuerdos.

3. TELÉFONO

Se pasó varias horas revisando el *pendrive,* el técnico no había logrado salvar nada de la información personal, contactos o redes sociales, pero de alguna manera se habían salvaguardado los vídeos e imágenes de las últimas semanas. No era mucho para empezar, aunque abrigaba la esperanza de que la paciente pudiera reconocer a su familia. Aquel descubrimiento le preocupaba, si aquellas personas habían venido con ella hasta Estados Unidos, ¿dónde diablos se encontraban? ¿Se las había tragado la tierra?

Sharon miró los rostros de los dos adolescentes, la niña pequeña y el hombre. En las fotos parecían tan felices, que casi tuvo que morderse los labios para evitar el nudo en la garganta que se le estaba formando. No quería que el resto de sus compañeros la viera expresar sus emociones, se consideraba una profesional y los sentimientos debían quedar a un lado. Aunque después pensó que en las fotos todos parecemos felices, intentamos mostrar ante las cámaras una alegría que a veces no se corresponde con la realidad, como si pudiéramos engañar al espejo en el que nos vemos reflejados cada mañana.

Respiró hondo y cerró el programa. Antes de hablar con la paciente quería saber la opinión del doctor Sullivan, él era el verdadero experto y no deseaba que la mujer se bloqueara y tardase aún más en recordar, la vida de aquellas personas que había visto en las fotos podía depender de ello.

Quitó el *pendrive* del ordenador y se puso el sombrero, estaba dirigiéndose hacia la salida de la comisaria cuando el sheriff la llamó.

—Agente, ¿puede venir un momento?

Sharon se puso un poco nerviosa, a pesar de llevar un año en la oficina, aún le intimidaba el jefe. Todos le consideraban un buen hombre. Su aspecto bonachón, con aquella barba canosa y su incipiente barriga, le hacían aparentar una figura paterna, casi entrañable, pero eso no impedía que ella le tuviera un gran respeto.

—Sheriff —dijo la mujer entrando en el despacho. El jefe siempre tenía la puerta abierta, no le gustaban los protocolos, cualquiera podía entrar y hablar con él en cualquier momento. Le quedaba menos de un par de años para jubilarse, pero en los últimos veinte años había sido uno de los pilares de la comunidad.

—¿Cómo va el asunto de la mujer?

—Avanzamos muy despacio. He recibido la información de su teléfono, pero lo único que hemos podido salvar son los vídeos y las imágenes. Es un comienzo que nos permitirá saber quién es, qué hace por aquí, con quién viajaba y qué les sucedió. Tengo miedo de que haya cuatro personas perdidas por los bosques del parque nacional y nosotros no estemos haciendo nada.

—Es posible que viajara sola. A veces algunas madres se toman algunos días de descanso para recuperar fuerzas —comentó el sheriff.

—Sí, pero no está registrada en nuestra base de datos, sus huellas no han dado ningún resultado. Seguramente no sea norteamericana, pero el inglés parece su idioma materno. En un par de días tendremos a un experto para que analice su acento, tal vez así podremos saber al menos de dónde viene.

—¿Han llegado ya las imágenes del Banco? De esa manera podríamos al menos ver el coche que alquilaron —dijo el sheriff.

—Llegan esta tarde —dijo la joven sin mucho ánimo.

—¿Necesitas ayuda? —preguntó el jefe como si intuyera su frustración.

—No, por el momento.

—Está bien, pero si necesitas cualquier cosa me la pides. Sabes que estamos cortos de recursos, pero no quiero que le pase nada a una familia de turistas en nuestro territorio. En los últimos años se han cerrado las pocas fábricas que teníamos y el turismo es ahora nuestra mayor fuente de ingresos. El alcalde...

—Estaré atenta. Creo que las fotos refrescarán la mente de la mujer y lograremos superar su bloqueo.

La mujer salió del despacho, se dirigió a su coche y se quedó un rato sentada, mirando al infinito. Dejó la mente en blanco, necesitaba aclarar sus ideas y sobre todo tranquilizarse. Se tomaba el trabajo demasiado a pecho y sabía que eso era lo peor que podía hacer. Su padre se había dedicado a la medicina toda su vida, su madre había sido asistente social y los dos le habían enseñado que no podría ayudar a nadie, si no cuidaba sus sentimientos y separaba lo personal de lo profesional. Habían sido unos excelentes padres, pero sabía que los había decepcionado. Unos años antes, al perder a su hermana en el bosque, su vida se había truncado para siempre. No quiso estudiar en la universidad. Sus padres hubieran preferido que se marchara de allí, que buscara su futuro en un lugar mejor, pero no pudo alejarse de su hermana, para ella continuaba viva en aquellos interminables bosques y lagos.

No tardó más de diez minutos en llegar a la clínica, entró en el edificio que aquella hora del mediodía parecía más tranquilo y solitario que el día anterior. El sol había desaparecido tapado por las nubes que habían comenzado a llegar aquella mañana. Aún quedaba mucho verano, aunque, tan al norte, siempre era demasiado corto, ya a mediados de agosto el tiempo tormentoso y el frío presagiaban las terribles nieves del invierno.

Caminó hacia el despacho del director, pero no encontró a nadie. Se adentró sola en el ala de los pacientes y subió las escaleras en dirección a la habitación de la mujer. En el centro apenas había media docena de enfermos. A pesar de todo, el alcalde se había quejado de que les enviaban a todos los locos del condado, pero la mayoría no eran peligrosos, al menos para los demás, aunque sí para sí mismos.

Se acercó a la puerta y la vio entornada. La mujer estaba sentada en el escritorio. La agente se extrañó de que no estuviera bajo llave y sacó su arma reglamentaria, estaba empujando la hoja cuando notó una mano que se posaba en su hombro. Se dio la vuelta y apuntó a la cara de un hombre negro y alto que estaba a su espalda.

—¡Joder, Tom!

—Señorita Dirckx, guarde eso.

—¿Por qué está la puerta abierta?

—He ido un momento a por una jeringuilla, nuestra paciente se encuentra un poco nerviosa —le explicó el celador. Era un hombre grande y corpulento, aunque sus formas eran delicadas, casi femeninas.

—¿Dónde está el director?

—Almorzando, es la hora de la comida. Siempre toma algo en el café de enfrente. Es una forma de desconectar. El doctor Sullivan llega a las siete de la mañana y no se va nunca antes de la diez de la noche. Está completamente entregado a su trabajo.

—Está bien. Iré a buscarle, pero por Dios, no dejes la puerta abierta, la paciente podría desorientarse —dijo la agente guardando el arma.

—Es la mejor enferma del edificio. Nunca da problemas, siempre es amable y educada. La llamo la damita inglesa.

—¿La damita inglesa?

—¿No la ha escuchado hablar? Esa dicción es británica.

—Lo cierto es que hasta ahora no había hablado mucho —comentó Sharon.

—Habla mucho sola, a veces también canta. Viví un par de años en Londres y le aseguro que es británica, seguramente de Londres —dijo el hombre.

—Gracias —dijo la mujer mientras se dirigía hacia las escaleras.

—¿Por qué? —preguntó el bedel extrañado.

—Puede que nos hayas facilitado una pista.

Sharon salió a la calle y caminó hasta el local próximo a la clínica. Era una cafetería americana de platos combinados y café. Nada sofisticada y a la que acudían los empleados de la zona. Una verdadera fuente de colesterol y azúcares.

Entró y miró por las mesas hasta reconocer al doctor, estaba comiendo un poco de arroz y una ensalada. Se acercó a la mesa y se quitó el sombrero.

—Doctor Sullivan.

El hombre levantó la cabeza del plato y por unos segundos en su mirada pudo observar la tristeza que llevaba cargando los últimos años. A veces pensaba que aquel pueblo era un barco a la deriva cargado con náufragos que habían perdido el sentido de la vida.

—¿Qué sucede ayudante? —le preguntó con un gesto de fastidio. De alguna manera absurda aquel momento se había convertido en uno de los mejores dentro de su anodino día.

—Tengo algunas cosas del teléfono de la mujer, también he hablado con el celador y me ha comentado que la mujer tiene acento británico.

El doctor Sullivan dejó el tenedor a un lado y le dio un buen trago al zumo de naranja. Después se secó los labios y mirando fijamente a los ojos de la mujer le dijo:

—Ha recordado algo importante. Será mejor que se lo cuente ella misma.

4. LLEGADA

Salieron del restaurante después de tomar un café. Cruzaron la calle y vieron que unas nubes oscuras iban apagando el día, como si aquel derroche de luz de las últimas semanas tuviera que acabar antes o después. A pesar de todo, el calor no se había atenuado, la sensación de bochorno era mucho mayor. Sharon sudaba por todas partes a pesar de llevar el uniforme de verano y el doctor Sullivan notaba la chaqueta pegada a la espalda y tenía la sensación de que la corbata que llevaba alrededor de su cuello parecía una soga que le cortaba la respiración. Entraron en el edificio y caminaron con paso acelerado hasta la planta superior, sus pisadas retumbaron en todo el edificio. El doctor abrió la puerta con sus llaves y entraron en la habitación. La mujer estaba tumbada en la cama, como si el calmante que le habían inyectado unos minutos antes ya hubiera comenzado a hacer su efecto.

—Parece que duerme, tal vez será mejor… —dijo la policía mientras entraban en la habitación.

La mujer se incorporó en la cama y por primera vez vio en su rostro una expresión angustiada. Sin duda estaba comenzando a recordar.

—No, me encuentro bien. El calmante me ha relajado un poco.

El doctor se sentó en la silla y la agente permaneció de pie, mirando a la mujer desde su posición.

—¿Recuerda lo que me dijo esta mañana?

—Sí, por desgracia. Es una de las pocas imágenes que tengo fijas en mi mente, todo lo demás es un gran vacío, una especie de interminable masa de oscuridad —dijo la mujer agachándose hacia delante y colocando las manos en las sienes, como si aquel único recuerdo le taladrara el alma y convirtiera su vida en un infierno.

—Antes de enseñarle las fotos tendrá que cumplir una serie de normas. Debemos asegurarnos de que no estemos provocando falsos recuerdos o interpretando las imágenes por ella. A veces los recuerdos son falsos o están mezclados con cosas que nos han contado o que hemos visto. Los vídeos e imágenes se mostrarán de uno en uno y de forma cronológica. ¿Entendido? —comentó el doctor.

—Sí, claro —dijo la agente, después sacó de una funda un ordenador portátil, introdujo un *pendrive* y se puso de rodillas frente a la mujer. Colocó el ordenador sobre la cama y buscó la imagen más antigua.

La mujer miró a la pantalla con los ojos todavía borrosos por las lágrimas, pero logró ver la primera fotografía. Se veía a un hombre negro de mediana edad, muy bien parecido, con un bigotito fino sobre unos labios gruesos. Llevaba el pelo muy corto y vestía con un elegante traje hecho a medida. La paciente observó la imagen un minuto, pero negó con la cabeza.

—¿Conoce a este hombre?

—No lo he visto nunca, no logro recordarle. ¿Debería?

—Lo siento —dijo la policía mientras miraba al psiquiatra—. No debemos darle ninguna información sobre las imágenes, aunque la realidad es que nosotros sabemos tanto como usted. Estas imágenes aparecieron en su teléfono junto a unos vídeos, pero no sabemos mucho más. Verá que la fecha de la foto es diciembre de 2015 y parece que van a una fiesta.

—¿Parecemos?¿Cuántos éramos? —preguntó extrañada la mujer.

Sharon pasó a la siguiente foto y apareció la mujer con el hombre, los dos estaban abrazados y sonreían a la cámara. Estaban en un salón moderno y funcional, pero sin duda de una casa de alto nivel económico.

La mujer frunció el ceño, como si no entendiese nada.

—¿Qué es lo que recordó? —preguntó Sharon a la paciente. Le sorprendía que no reconociese al hombre de las fotos. Ella imaginaba de quién se trataba, pero no podía decirle nada.

—Bueno, cuando me enseñó ayer el osito. ¿Recuerda? No le encontré ninguna relación conmigo, pero me quedé algo inquieta. A medianoche tuve una pesadilla, estaba en una barca en el lago, algo malo sucedía, una niña viajaba conmigo, a veces la llevaba en brazos. Me desperté sobresaltada y entonces lo recordé. Charlotte, mi pequeña, ella estaba conmigo en esa barca. No sé por qué, tampoco qué hacíamos allí, pero ella estaba a mi lado.

—Entonces, eso quiere decir que no vino sola al parque nacional. Puede que viniera con más gente —dijo la agente mientras mostraba la pantalla del ordenador.

—Eso es especular, puede que el recuerdo sea muy anterior, lo importante es que sabe que tiene una hija pequeña y ha logrado traerlo a la memoria —comentó el hombre.

La mujer comenzó a llorar de nuevo.

—También es bueno que exprese sus sentimientos, romperá el bloqueo emocional que tiene —dijo el doctor pasándole un pañuelo de papel.

—Gracias. Lo siento, pero tengo miedo por ella. No sé dónde está. Espero que se encuentre a salvo —dijo la paciente mientras se secaba las lágrimas.

—¿Por qué comenta eso? ¿Se encontraban en peligro? ¿Recuerda algún tipo de amenaza o situación violenta?

La mujer comenzó a hiperventilar y el doctor intentó tranquilizarla.

—Es demasiado para un mismo día —dijo el hombre mientras apartaba el ordenador.

—Necesitamos… —empezó a decir la agente, pero no quiso terminar la frase, no era buena idea volver a bloquear a la mujer. El doctor tenía razón, el recuerdo podía ser muy anterior a su viaje a los lagos.

—Lo siento —dijo la mujer de nuevo, aunque su voz parecía ahogarse con el llanto. Comenzó a temblar y se recostó un poco en la cama.

—Una última cosa: ¿Charlotte es esta niña? —dijo la agente señalando la pantalla del ordenador.

La mujer abrió mucho los ojos, después extendió los brazos en un acto de desesperación y comenzó a gritar:

—¡Charlotte! ¡Charlotte! No te preocupes, nos iremos antes de que llegue.

—¿Que llegue quién? —preguntó la policía.

La mujer miraba al vacío, como si su mente estuviera en aquel momento reproduciendo un recuerdo.

—No te hará daño. ¡Yo te protegeré! —gritó la mujer mientras abrazaba el vacío.

—¿Quién no le hará daño? —insistió Sharon.

La paciente se giró hacia ella y le lanzó una mirada de odio. Después le gritó a la cara:

—Tú lo sabes bien, maldita bruja, todos vosotros lo sabéis.

La policía no estaba preparada para aquella reacción y dio un respingo asustada. La mujer parecía fuera de sí, como si estuviera poseída. El doctor la tomó por los brazos e intentó calmarla, pero comenzó a patalear y gritar hasta que el hombre le inyectó un calmante en el brazo. Un par de minutos más tarde cayó en un profundo sueño.

Salieron de la habitación y cerraron la puerta, no comenzaron a hablar hasta que estuvieron algo alejados.

—¿Qué quería decir? ¿Por qué se dirigió a nosotros de aquella manera?

—Es posible que pensara que éramos otras personas. Estaba viviendo una especie de alucinación. Está claro que le sucedió algo muy grave, tal vez terrible y que su mente ha creado una barrera de autoprotección. Tenemos que abrirla, pero sin dañar su equilibrio emocional, de otra manera su amnesia podría convertirse en crónica. ¿Lo comprende?

—Sí, pero tengo el temor de que una familia o al menos una niña pequeña esté perdida por los bosques.

—Es posible, pero debemos esperar un poco más. Estoy planteándome hipnotizarla. De esa manera podríamos meternos en su memoria sin dañar sus recuerdos ni su psique.

—¿Lo ha probado antes? —preguntó la policía.

—Hace muchos años, aunque es una técnica que tiene sus riesgos. Por la hipnosis lograríamos hacer una especie de regresión. Llegar al momento traumático, desbloquearlo y eso podría hacer que recordase todo de repente. El riesgo es que puede bloquearse para siempre, que nunca más logre recordar, que el mecanismo de defensa que ha creado su mente nos cierre para siempre el camino a sus recuerdos.

5. ACOSO

La primera sesión de hipnosis fue a la mañana siguiente. El doctor Sullivan accedió a que la agente viera todo y lo escuchara a través de un cristal opaco y unos altavoces. No podían usar esa información para un juicio, pero al menos les serviría para descubrir quién era la mujer y qué había sucedido con el resto de su familia. Sharon había pedido al FBI que le enviara una relación de ciudadanos británicos que habían entrado al país por Minnesota o la ciudad de Nueva York, aunque era una mera hipótesis, si la mujer era británica lograrían dar con una familia de cinco miembros que habría llegado desde Europa. Cabía la posibilidad de que la familia hubiera viajado en vuelos a Atlanta, Miami u otra ciudad, pero cruzó los dedos y esperó que el FBI diera con la identidad de todos. Quería asegurarse de que la mujer había llegado sola al país.

El doctor entró en la sala. La paciente le esperaba sentada en una silla, parecía tranquila, aunque se notaba que estaba en parte sedada. El hombre se sentó frente a la mujer y comenzó a hablarle.

—Hemos hablado esta mañana de lo que va a suceder. La hipnosis es algo muy serio, por eso quiero contar con su consentimiento, también quiero que sepa que pararé en cuanto vea que se encuentra alterada o está sufriendo. ¿Lo ha entendido?

—Sí. ¿Esto me ayudará a encontrar a mi hijita? —preguntó la mujer con un hilo de voz. Su aspecto parecía más cansado que el día anterior, como si no hubiera logrado dormir, aunque parecía mucho más relajada.

—Sí, esperamos que ayude a que recuerde y gracias a esos recuerdos podremos saber qué pasó y cómo podemos ayudarla.

—Adelante —contestó la mujer.

—Está bien. Extienda las manos y cierre los puños. Ahora cierre los ojos e imagine que carga una pesada piedra, esa piedra cada vez es más y más pesada. Se siente cansada, agotada, pero al mismo tiempo ese cansancio le hace sentir mejor, relajada.

El doctor Sullivan notó cómo la mujer lograba tranquilizarse por completo. No era demasiado partidario de aquel tipo de técnicas, sabía que la mayoría de los pacientes terminaban por recordar, pero temía que la familia de la mujer pudiera estar en peligro, por no hablar de las presiones del alcalde y el sheriff que le llamaban a todas horas para preguntar los avances en la investigación. Le extrañaba que se tomaran tanto interés por un caso como ese, aunque pensaban que tal vez era porque en menos de un año se celebrarían las elecciones y un caso como aquel podría salpicarles.

—Ahora imagínese al lado del lago, lleva en la mano un osito de peluche, pertenece a su hija Charlotte. ¿Puede verlo?

—Sí —contestó la mujer con una sonrisa.

—Muy bien. Acarícielo, ¿qué siente?

—Está suave, pero algo sucio, no sé por qué está así. Nunca dejo que mi hija toque cosas sucias.

—Mire a su alrededor, ¿ve a su hija? ¿Cómo han llegado al lago?

—No está cerca. Creo que está perdida —comenzó a contestar nerviosa.

—¿Dónde está? ¿Cómo han llegado al lago?

—Tengo que ayudarla, para que él no pueda hacerle daño.

—¿Quién quiere hacerle daño? —preguntó el hombre.

—Él, siempre tengo que vigilarle. No es un buen hombre, no lo es.

—¿Cómo se llama ese hombre? ¿Dónde viven?

—Samuel, se llama Samuel…

—¿Qué les hace? ¿Por qué quiere hacerles daño? —preguntó el doctor.

La mujer se quedó callada unos instantes, sus ojos comenzaron a moverse rápidamente debajo de los párpados.

—Los vi por la ventana de la cabaña. Estaba… con la mayor, los vi. No entendía nada, no me lo podía explicar, pero los vi…

—¿El qué vio? —insistió el hombre.

—Estaban juntos. ¡Dios mío! Los vi muy cerca el uno del otro —dijo la mujer moviéndose convulsivamente. Se sacudía como electrificada por una fuerza extraña.

—¿Dónde estaba la cabaña? ¿De dónde vinieron?

—El coche está en la puerta, pero no encuentro las llaves, tenemos que escapar antes de que lleguen —dijo alterada la paciente.

El doctor comenzó a preocuparse, el estado emocional de la mujer parecía a punto de explotar. Intentó hacerle una última pregunta.

—¿Dónde está Charlotte?

—Está con él, con Samuel.

La mujer comenzó a sufrir una especie de ataque epiléptico y convulsionar.

—Ahora cuando diga tres, va a despertar —comenzó a decir el hombre—. Uno, dos…

La mujer se puso en pie, empujó al doctor y corrió hacia la puerta. Sharon salió del cuarto para cortarle el paso y logró pararla antes de que llegara al recibidor. La mujer la miró con sus ojos turbados y le gritó:

—¡Déjame ir! ¡Tengo que salvarla, tengo que salvarlos a todos ellos!

—Señora, tranquilícese. Todo está bien.

Con una fuerza inusitada la empujó y la agente se golpeó contra la pared y cayó al suelo. Después corrió hacia la puerta y se escapó hacia el bosque.

El doctor la ayudó a levantarse y los dos corrieron hasta la entrada y después por el bosque que había detrás del edificio. Estaba lloviendo con intensidad y en un par de minutos se encontraban completamente empapados.

—¿Dónde ha ido? —gritó la agente.

El doctor la miró nervioso, acababa de cometer una estupidez, había llevado a la mujer hasta más allá de sus fuerzas mentales, la había expuesto a un trauma peor.

—Creo que intenta salvar a su hija pequeña.

La agente llamó por radio al resto de compañeros, para que la buscaran por las inmediaciones del pueblo y se dirigió al coche.

—¿A dónde va? —le preguntó al doctor.

—Creo que sé a dónde se dirige.

—Al lago —dijo el hombre como si cayera en ese momento en la cuenta—. La acompaño.

Sharon puso el motor en marcha y tomó la carretera, después el sendero y llegó hasta el lago. Esperaba que su intuición estuviera en lo correcto, aquella mujer era la única pista que tenían. Debían encontrar a toda la familia antes de que fuera demasiado tarde.

6. LA EXCURSIÓN

Una semana antes, Fort Frances (Canadá).

Después del largo vuelo hasta Toronto los Landers habían viajado hasta Fort Frances en una avioneta. Su plan era recorrer todo el parque nacional desde una cabaña que habían alquilado cerca de Ranier. Aquella misma mañana tomaron su coche alquilado, un impresionante Jeep todoterreno en una de las oficinas de la compañía de alquiler y habían decidido pasar a los Estados Unidos para hacer la compra. Su intención era llenar bien el maletero con todo lo básico, que era mucho más variado y barato al otro lado de la frontera y de paso ver algo de Minnesota.

Victoria se encontraba de muy mal humor, no le había hecho mucha gracia aquel viaje, pero su esposo quería que celebraran el decimoquinto aniversario a lo grande. Eran con diferencia la pareja que más tiempo llevaba junta de sus amigos más cercanos, sin contar los dos años de novios en Ámsterdam, donde se habían conocido mientras trabajaban para una empresa de tecnología. Él era natural de Nigeria; muchas de las mujeres de su empresa le llamaban el príncipe africano. Era atractivo, masculino y además de tener un cuerpo de infarto, era tremendamente inteligente. Una combinación realmente explosiva. Lo que tal vez ella no había tomado en cuenta antes de comenzar una relación era las profundas diferencias culturales que había entre ellos. Su educación había sido feminista, su madre era un alto cargo de la ejecutiva de un conocido sindicato de izquierdas y su padre miembro del parlamento por el partido Laborista. La habían educado en un colegio público elitista de Londres. Él, en cambio, se había criado como el decimonoveno hijo del jefe de una etnia importante de su país. Su familia era polígama, tradicional y profundamente machista.

Las chispas no tardaron en saltar. Se peleaban por casi todo, pero después las reconciliaciones apasionadas parecían lograr que todo quedara atrás. Ambos eran de los que pensaban que el amor es capaz de superarlo todo y, aunque no les faltaba razón, las heridas de los viejos enfrentamientos reaparecían tras una nueva discusión.

Decidieron casarse con la absurda idea de que su compromiso afianzaría la relación, se trasladaron a Londres y al año ella estaba embarazada de su primera hija, luego vendría el niño y siete años más tarde la pequeña, cuando ya ninguno de los dos la esperaba, pero la niña había logrado que la pareja se mantuviera unida. Ella se había centrado en su educación, ahora que se sentía más segura y madura que con los dos primeros y él, bueno su marido, se había acostado con todas las mujeres que se le ponían a tiro. Cuando ella le dio un ultimátum, por primera vez desde que se conocieron, su marido pasó de palabras groseras y agresivas a darle un manotazo que le había dejado un moratón en la mejilla durante un par de semanas.

Ahora no estaba segura de si le tenía miedo, quería realmente que las cosas funcionaran o simplemente estaba todavía asimilando la situación. No le apetecía ese viaje, no creía que sirviera para mejorar su relación. Hacía poco había leído en el *Times,* que después de las vacaciones de verano era cuando más divorcios se producían durante todo el año.

–¿Qué piensas? —le preguntó su marido cuando atravesaron la frontera y entraron en Estados Unidos.

—Nada, estaba disfrutando del paisaje —mintió la mujer, para que él no supiera lo que le rondaba la cabeza. Antes de salir de Inglaterra había llamado a una abogada matrimonialista y se había asesorado. Llevaba casi quince años fuera del mercado laboral, pero él debería darle una buena indemnización, además de la pensión de sus hijos. Si se demostraba que la había maltratado, podía hasta terminar en la cárcel.

—La verdad es que este lugar es espectacular. ¿Te has dado cuenta de que hay kilómetros y kilómetros sin nadie alrededor? Esto es el paraíso, cariño —dijo tocándole suavemente el mentón.

—¿El paraíso? Esto es una mierda, sin wifi, no hay un centro comercial en kilómetros y lo único que ves por todos lados son árboles —se quejó su hijo mayor.

El hombre le miró por el espejo retrovisor. El crío era una versión de él mismo en adolescente, pero con la piel algo menos tostada.

—¡Mierda! Para eso hemos venido aquí, para desintoxicarnos de los móviles, tabletas y aparatos electrónicos. Hemos venido para vivir una experiencia en familia. ¡No quiero que estropeéis las vacaciones! ¿Sabéis por cuánto nos ha salido todo?

—Está bien papá. No le hagas caso, ya sabes cómo es. Si no está cerca de sus amigotes o conectado no sabe qué hacer con su vida —comentó la hija mayor.

—Ya ha hablado la intelectual de la familia. Lo único en lo que piensas tú es en sacar buenas notas y estudiar en Oxford.

Por Dios, tienes casi quince años. Disfruta un poco de la vida —dijo el chico con un gesto de desprecio. Los dos hermanos eran la antítesis el uno del otro.

—Vale ya chicos. Tengamos la fiesta en paz —dijo la madre alzando la voz.

Todos se callaron y el hombre subió el volumen de la radio. Sus hijos odiaban la música antigua que ponía en el Spotify, pero para él era la única forma de lograr relajarse del todo.

Su mujer no entendía la presión que sufrían en el trabajo. Ser uno de los ejecutivos de una empresa tecnológica y encargarse de todos los asuntos tributarios podía ser una verdadera pesadilla. Además con todo lo del Brexit no sabían cómo podía afectarles en su relación con el resto de Europa. La compañía había estado pensando en trasladarse a Ámsterdam o Dublín. Su esposa se encontraba muy cómoda en su casa, tomando el té con su madre y saliendo con sus amigas después de dejar a sus hijos en la escuela, pero él se rompía los cuernos cada día, para que aquel paraíso pudiera mantenerse a flote. Además, sabía perfectamente que el círculo de su esposa no le tragaba. Eran muy liberales y progresistas, pero para ellos él continuaba siendo un africano y eso no podían perdonárselo.

Su esposa estaba obsesionada con que la engañaba con compañeras del trabajo, ganas nunca le habían faltado, pero no quería traicionarla, a pesar de que estaba todo el día histérica y medio paranoica. Aún recordaba el día en el que se pelearon y ella le golpeó con una maza de la cocina, tuvo que pararla y le golpeó en la cara. Su mujer montó un drama y le amenazó con denunciarle y separarse de él. Se lo había dicho un millón de veces, pero aquella vez parecía que iba en serio. Desde el nacimiento de la niña, su mujer no había sido la misma. Los médicos le habían diagnosticado tardíamente una tiroiditis que le había provocado durante años una pérdida de peso repentina, cansancio, nerviosismo, taquicardias, sudores, depresión y fatiga. Llevaba dos años medicándose, pero él creía que aún le seguía afectando en su vida cotidiana.

—Vamos a parar allí —dijo el hombre señalando un supermercado mediano. Lo había visto por el teléfono antes de salir de Canadá. Era una cadena con muchos productos a muy buen precio.

Aparcó cerca de la puerta. No había mucha gente, al parecer era muy temprano para los lugareños, que preferían descansar en la cama hasta tarde un sábado por la mañana.

—No sé en Canadá, pero aquí no abren nada los domingos —dijo el hombre.

—¿Por qué? —preguntó la chica.

—Son muy religiosos y casi todo el mundo va a la iglesia —contestó el hombre mientras cerraba con el mando la puerta. Su hija pequeña corrió hacia él y se lanzó en sus brazos. El hombre la recibió con una gran sonrisa, le encantaba ser todavía el centro de su vida. Con la edad los hijos terminaban por odiarte, pero con ocho años todavía eras el héroe de sus vidas.

—Papá, ¿cuándo iremos en las canoas?

—Muy pronto, tenemos que instalarnos primero en la casa. El dueño me dijo que en la casita junto al lago hay casi de todo: bicicletas, canoas, material para escalar…

—Me encanta —dijo la niña pequeña mostrando sus dientes blanquísimos. Era la que tenía la piel más clara de sus hijos, los rasgos de su mujer parecían calcados en aquel rostro diminuto, con la excepción del color de ojos y del tono del pelo, que era mucho más oscuro.

El hombre tomó un carro y el resto se fue a curiosear por la tienda, aunque era el típico sitio en el que apenas había nada interesante: comida, útiles de pesca y poco más.

—¿Estará bien el perro? —preguntó a su madre la niña.

—Solo estaremos algo más de una hora fuera de la cabaña, era mejor que se quedara allí para proteger nuestras cosas — dijo la mujer.

—Si nuestro perro es muy pequeño —dijo la niña.

—Pero muy valiente —contestó la madre con una sonrisa. Cuando lograba olvidarse de todo, parecía que la nube negra que cubría su vida se disipaba y que no era imposible ser feliz.

Se cruzaron con cuatro hombres vestidos con vaqueros desgastados, camisas a cuadros con las mangas cortadas y gorras de béisbol despeluchadas. Al verla pasar, sin importarles que fuera de la mano de su hija pequeña, comenzaron a comérsela con la mirada y a decirle todo tipo de barbaridades. Ella se giró y les hincó la mirada, pero los hombres se rieron y se alejaron por uno de los pasillos.

Su hija mayor se encontró con ella un pasillo más allá.

—¿Has visto a esos tipos? Son unos salidos. Me han estado desnudando con la mirada.

—Bueno, la verdad es que podías haberte puesto algo más de ropa —dijo la madre mientras miraba los mini pantalones cortos que enseñaban parte de las nalgas y el ajustado top sin sujetador.

—Hace mucho calor —se quejó la chica.

—Ya no eres una niña y te puedes encontrar a tipos como estos en todas partes.

La chica frunció el ceño y se cruzó de brazos.

—¿El problema está en mi ropa o en sus mentes?

—Tienes razón, pero sus mentes no podemos cambiarlas...

Sabía que se comportaba como una madre insoportable, pero a lo largo de la vida los papeles que a uno le tocaba representar iban cambiando y a veces no se reconocía. Era mucho más estricta que su madre, algo histérica y muy rígida. Siempre había pensado que sus padres se habían comportado de manera muy liberal con ella. Les había salido bien la apuesta, pero ella no estaba dispuesta a arriesgarse con sus hijos.

La mujer y la niña comenzaron a cargar cosas hasta que vieron a su marido con el carro.

—¡Espera! —le dijo la mujer malhumorada.

El hombre le comentó todo lo que había cogido y ella le obligó a sacar la mitad de los productos. Algunos por caros y otros simplemente porque no eran los que usaban habitualmente. Tras una breve discusión se acercaron todos a la caja. Estaban esperando a que atendieran a una anciana, cuando los cuatro hombres que las habían molestado se pusieron detrás de ellos. Su hija los miró de reojo y la pequeña comenzó a dejar los productos en la cinta.

—¡Mira la rubia está con ese negro! —dijo en voz alta uno de los hombres. No era la primera vez que les ocurría, aún en Londres se habían visto envueltos en aquel tipo de comentarios peyorativos.

El hombre se giró bruscamente y estaba a punto de decirles algo, cuando la mujer le puso la mano en el hombro para que se calmara. No quería problemas y menos en un país extraño.

—Déjalos —le susurró al oído. Sabía que aquellos tipos querían bronca y divertirse un poco a su costa. Sin duda lo mejor que podían hacer era ignorarlos.

—¿No saben que aquí no admitimos que nuestras mujeres se mezclen con esos monos? —dijo el mayor del grupo y los otros se echaron a reír. La cajera, una mujer de algo más de cincuenta años, frunció el ceño, pero no dijo nada.

Terminaron de pasar la compra y comenzaron a meter todo en el carro, mientras el padre pagaba la cuenta. Uno de los hombres le empujó intencionadamente y se le enfrentó.

—¿Tienes algún problema? —preguntó mientras le pegaba la cara a medio centímetro de la suya.

—No me gustan los negros, pero sobre todo lo que no aguanto es que te acuestes con una de nuestra raza —dijo el tipo soltando espumarajos por la boca.

—¿Tu raza? ¿Te refieres a la de los orangutanes? —preguntó el hombre mientras su mujer tiraba de su brazo.

—Señor, no se meta en problemas —dijo la dependienta, después miró al grupo—. Dejarlos en paz o llamaré al sheriff.

Salieron de la tienda y metieron toda la compra en el maletero, el grupo de hombres no tardó mucho en seguirlos y dirigirse a una inmensa furgoneta Chevrolet de color rojo.

El hombre los miró desafiante, pero ellos se rieron y entraron en su vehículo. La familia se subió al jeep y emprendieron el camino de vuelta a la cabaña. Apenas habían salido del pueblo cuando notaron que la furgoneta que se aproximaba detrás era roja.

El hombre aceleró y la furgoneta siguió pegada a ellos. La carretera era algo estrecha y curvada; debido a la velocidad el Jeep rozó varias veces el borde de la carretera, a un lado había árboles y al otro el río.

—¡Ve más despacio, por Dios! —le dijo al final su mujer algo asustada.

—¿No has visto a esos tipos? —le preguntó mirando por el retrovisor.

—Pisa a fondo y déjalos atrás —dijo el hijo.

—Eres tonto —comentó la hija.

—Frena —le pidió su mujer.

El hombre aminoró la marcha y la furgoneta se pegó casi por completo, desaceleró aún más y la furgoneta terminó por adelantarle. Durante unos segundos los dos vehículos estuvieron a la par en la carretera estrecha, los hombres se reían a carcajadas y les lanzaban latas de cerveza vacías.

—Venga, no tienes cojones para adelantarnos —dijo el copiloto golpeando la puerta del otro coche.

—Sois unos hijos de… —dijo el hombre, pero antes de terminar la frase, el otro coche dio un volantazo, en un acto reflejo giró el volante y se salió de la carretera. El coche se fue directamente contra un árbol gigantesco, pisó el frenó a fondo y las ruedas derraparon entre la maleza y la tierra. El coche avanzó sin control hasta parar a unos pocos centímetros del tronco. El hombre se apoyó sobre el volante y vio cómo la furgoneta se marchaba a toda velocidad. Respiró aliviado. Al menos esos tipos se habían ido, pensó mientras daba marcha atrás. El coche tenía tracción a las cuatro ruedas y no le resultó muy difícil regresar a la carretera. Todos le miraron asustados, él intentó guardar la calma, pero la niña comenzó a llorar y el rostro pálido de los otros miembros de la familia le hizo arrepentirse de haber elegido aquellas malditas vacaciones.

7. CONFUSIÓN

La mujer corrió descalza bajo la lluvia durante más de una hora. No sabía hacia dónde se dirigía, como si una especie de fuerza la llevara hasta el sitio en el que la habían encontrado aquellos hombres. Se sentía confusa, apenas recordaba nada. Lo único que le obsesionaba era lo que había podido pasarle a su hija. Durante la sesión había recordado el incidente en el supermercado, aunque no con todos los detalles. Únicamente visualizó cuando los hombres la vieron con la niña pequeña y después mientras se salían de la carretera y ella extendía su mano hacia atrás para sujetarla, aunque supiera perfectamente que estaba bien atada.

Cuando llegó al sendero y corrió cuesta abajo hasta el lago, estaba al límite de sus fuerzas. Vio el agua de lejos y respiró hondo, se agachó para recuperar el resuello y caminó por el barro hasta la orilla del lago. El cielo estaba negro y parecía que la luz quería abandonar su puesto para dejar paso a la noche sin estrellas y que la lluvia terminara de enfriar aquel maldito calor. Llegó hasta la orilla y tocó el agua para asegurarse de que no estaba soñando, que no seguía en esa maldita habitación que parecía una celda.

Estaba inclinada frente al agua cuando escuchó unos pasos detrás. No se giró, se imaginaba quienes eran.

—Señora. ¿Se encuentra bien?

Escuchó la voz de la ayudante del sheriff, pero aquello no la tranquilizó, sabía que volverían a encerrarla, debían creer que estaba loca y se inventaba aquella amnesia y que su hija Charlotte realmente no existía.

—Será mejor que regrese con nosotros —dijo el hombre, que se había aproximado hasta la misma orilla del agua.

La mujer giró la cabeza, pero no hizo amago de levantarse. La lluvia sobre su cuerpo al menos la consolaba, le hacía sentirse viva.

—Tiene que ayudarnos, nos preocupa lo que le pueda estar pasando a su hija. ¿Ha recordado algo más? —preguntó la agente.

—A los hombres.

—¿Qué hombres? —preguntó el psiquiatra.

—A los que nos sacaron de la carretera.

—¿Eso sucedió antes de lo que dijo sobre Samuel? —dijo Sharon, que no entendía a qué se refería la mujer.

—Sí, al principio, al poco de llegar —dijo la mujer.

—¿Recuerda a todos ahora? —preguntó el psiquiatra.

—¿A todos? Vine con mi hija. No había nadie más. Unos hombres nos acosaron en un supermercado y después nos siguieron con una furgoneta roja y me sacaron de la carretera. Casi nos matamos.

—¿Por qué hicieron algo así? —le preguntó la agente.

—No lo sé. Se metieron conmigo, me dijeron groserías. Los hombres no necesitan ninguna razón para meterse con una mujer, lo único que quieren es abusar de ti, meterte mano, humillarte...

—Pero eso no pasó cerca del lago —le dijo la agente.

—No, fue después de comprar. No me dijo algo de un ticket.

—Sí, encontramos uno en su pantalón.

—Quiero verlo —dijo la mujer.

—Regresemos a la... habitación y podrá verlo —dijo el psiquiatra alargando la mano.

—¿Por qué me encierran? ¿He hecho algo malo?

—No, que nosotros sepamos —contestó Sharon.

La mujer se puso en pie y los siguió dócilmente hasta el coche. Su mente estaba tan confusa, parecía tan asustada, que la policía la miró con cierta pena. Aquella noche, mientras regresaba hacia la ciudad, recordó que aquella misma mirada era la que su hermana le dirigió cuando la dejó sola en medio del bosque.

8. DECISIÓN

Cuando llegaron a la clínica la paciente se encontraba exhausta, el doctor recomendó que la sedaran y la dejaran descansar hasta el día siguiente. Sharon era reacia a alargar más la investigación, estaba muy preocupada por lo que le hubiera podido pasar al resto de la familia. Cada vez estaba más convencida de que todos se encontraban en peligro. Regresó a la oficina cansada y desanimada. La mayoría de sus compañeros se había marchado a casa, pero ella prefirió echar un último vistazo a las pruebas.

Al parecer la mujer recordaba que había viajado con la niña. Eso era un gran paso, pero no suficiente. Miró su correo electrónico y entonces vio que tenía el enlace para ver la película de la cámara de seguridad del supermercado donde la familia había comprado provisiones. Dio al enlace y apreció en su monitor la parte exterior de la calle y el aparcamiento del supermercado. Lo pasó impaciente, quería comprobar si era cierto que ella había estado con la niña allí y si aquellos tipos la habían acosado. Si encontraba algo en las imágenes iría al día siguiente al supermercado para interrogar a la dependienta. Si había sucedido algo, tenía que recordarlo.

Tras más de veinte minutos de visualización por fin vio salir a un grupo de cuatro o cinco personas y comenzar a cargar el maletero de un jeep. El hombre llevaba una gorra y no se le veía bien el rostro, pero el trozo de cuello era muy oscuro, por lo que pensó que podría tratarse del marido. Además había una mujer, que se parecía mucho a la paciente, una niña de unos siete u ocho años y dos adolescentes. Amplió la imagen para ver la matrícula del coche, pero no se veía con claridad. Aunque con el modelo podría preguntar en las oficinas del alquiler de la zona. El coche salió del aparcamiento, pero no se vio que otro lo siguiera, ni rastro de los hombres que supuestamente los habían acosado.

Sharon creía que la mujer mezclaba la realidad con algún tipo de historia imaginaria, puede que muy anterior a su viaje a América.

Miró otro correo, este provenía del FBI y, para su desgracia le confirmaba que ninguna familia con las características indicadas había entrado por los aeropuertos principales del país. Aquello era un verdadero contratiempo, aún tardarían en identificar a la familia para poder dar la orden de búsqueda. Nadie había denunciado una desaparición del grupo.

Sharon apoyó los codos en la mesa y se quedó pensativa. La única opción que se le ocurría era que hubieran entrado en coche por la frontera de Canadá. Si era así, las cosas se complicaban notablemente. No estarían registrados y posiblemente ni siquiera habían alquilado la cabaña en Minnesota. Eso escapaba de su jurisdicción y las autoridades del otro lado no siempre eran comprensivas. En ocasiones se necesitaban días o semanas para que los dejaran investigar de manera conjunta.

La frontera era casi simbólica para muchas cosas. De hecho, el contrabando de todo tipo de sustancias ilegales era muy común, así que mientras que el crimen campaba a sus anchas por toda la frontera, la justicia tenías muchas trabas.

Los traficantes únicamente tenían que cruzar el lago para convertirse en intocables. La policía canadiense era mucho más benevolente y sus leyes demasiado blandas.

Comenzó a mirar las fotos del teléfono, los rostros de cada uno de ellos parecían pedirle con urgencia que los encontrase.

—¿Qué os sucedió? —dijo en voz alta la agente. No era nada habitual que desapareciera una familia completa. Algo muy grave debía haber ocurrido. Una tragedia que podía marcar a toda la región y terminar con su boyante negocio turístico.

Sharon recogió sus cosas y se dirigió a su casa. No era agradable vivir sola, pero nunca había tenido pareja y desde hacía dos años prefería eso antes que continuar en la casa de sus padres. Se dio una larga ducha, después se preparó algo de cena y se sentó a ver la televisión. Muchas veces se quedaba dormida en el sillón y amanecía allí, tapada con una manta y con un intenso dolor de cuello.

Estaba a punto de caer en un profundo sueño cuando de repente sonó el teléfono. Miró la hora y se quedó sorprendida. Eran las tres de la madrugada.

—Sí, ¿qué sucede?

—Soy el doctor Sullivan.

—Dígame doctor, en qué puedo ayudarle —preguntó aún adormecida.

—Tiene que venir cuanto antes. La paciente se ha despertado delirando en plena noche. Parece que los recuerdos por fin están volviendo, pero está medio loca. ¡Por favor, venga lo más rápidamente posible!

El doctor parecía muy asustado. La agente se vistió con ropa de calle y tomó su coche particular, antes de quince minutos se encontraba en la puerta de la clínica.

Bajó del coche y caminó por la calle a oscuras. Aún llovía, la noche era muy fresca y sintió un escalofrío al entrar en el edificio. Los pasillos estaban en penumbra, no había nadie en la recepción y no vio al doctor en su oficina. Subió hasta la segunda planta y caminó despacio, mientras el suelo de madera crujía bajo sus pies. Llegó hasta la puerta, pero al abrirla no vio a nadie. ¿Dónde se habían metido?

Intentó abrir el resto de las puertas, pero todas estaban cerradas. Entonces recordó la capilla que estaba pegada al edificio. El centro había pertenecido durante años a la Iglesia Presbiteriana y, aunque la capilla estaba en desuso, algunos internos la usaban para rezar o simplemente para estar un rato a solas. Bajó de nuevo y se dirigió hasta la puerta de doble hoja junto al comedor, giró el pomo y afortunadamente se abrió con facilidad.

Entró en la sala a oscuras, sintió un escalofrío que le recorrió toda la espalda. Los bancos, y sobre todo la inmensa cruz del altar, parecían figuras fantasmagóricas debido a la tenue luz que atravesaba las vidrieras de colores. Caminó por el pasillo central y se tocó el cinto, para comprobar que había llevado el arma. Afortunadamente pudo percibir el metal frío entre sus dedos y se tranquilizó un poco.

—Doctor Sullivan, señora…

Nadie respondió, pero antes de que llegara al altar mayor escuchó un ruido. Miró al lado del púlpito y vio un cuerpo tendido. Se agachó y giró el cuerpo. Los ojos del doctor Sullivan la miraban sin vida. Ella puso dos dedos en su cuello, pero antes de que comprobara si su corazón aún latía, sintió el cuerpo frío e inerte.

Ahogó un grito de horror y sacó el arma. Apuntó a las sombras, pero la capilla parecía totalmente desierta. Entonces escuchó algo debajo del estrado. Había una pequeña puertecita que apenas permitía que entrara un cuerpo tumbado. La abrió y en medio de la oscuridad los ojos de la mujer brillaron.

—Agente, han matado al doctor y he tenido que esconderme de ellos —dijo la mujer.

—¿De quién?

—De los hombres que tienen retenida a mi familia.

Sharon no dejó de apuntar a la mujer mientras intentaba ordenar sus pensamientos. Entonces escuchó voces fuera y tiró del brazo de la mujer. Salieron del edificio en dirección al bosque. Debía ponerla a salvo; después intentaría contactar con el sheriff y aclarar las cosas, pero lo primero era proteger a la testigo e impedir que la capturasen.

9. TIMOTHY

Una semana antes, en las proximidades de Fort Frances.

El dueño de la casa era un hombre de mediana edad llamado Timothy. Vestía con unos sencillos vaqueros, unas deportivas desgastadas y una camisa a cuadros que llevaba por fuera.

—Lamento mucho lo sucedido. Aquí, como en todas partes, hay mala gente, pero no es lo normal. Habitamos en una tierra dura y difícil, eso ha creado un fuerte espíritu de comunidad. La mayoría de nosotros vivimos desde hace doscientos años en la zona, nuestros padres fueron pioneros ingleses o franceses. ¿Han avisado a la policía?

—Bueno, el incidente fue en Minnesota, imagino que sería muy difícil poner una denuncia en esta parte —comentó el hombre. Su mujer le hizo un gesto negativo con la cabeza. Lo último que deseaba era pasar un día entero en la comisaría, para que luego la policía no hiciera nada.

—Será mejor que lo olviden, en un par de días todo será únicamente un mal recuerdo.

—Eso espero —dijo la mujer con los brazos cruzados. No sabía por qué su marido había tenido que contarle el incidente a aquel hombre. Al fin y al cabo, no les había sucedido nada grave, un simple incidente desagradable. El racismo y la xenofobia estaban al orden del día, no solo en los Estados Unidos, también en el Reino Unido se miraba con más desconfianza a los extranjeros y a las personas de otras razas. El terrorismo, la crisis económica y el ascenso de los partidos de extrema derecha estaban convirtiendo el mundo en un lugar peor.

—Bueno, yo vivo a unos cinco kilómetros por el camino. Cualquier cosa que necesiten solo tienen que llamarme y acudiré lo más rápido posible.

—No se preocupe. Hemos pensado pasar el día en el lago. Tomaremos una canoa e iremos a alguna de las islitas a almorzar —comentó el hombre.

—¿No están cansados del viaje? Vienen desde el otro extremo del mundo.

—Preferimos cansarnos un poco más. Los chicos necesitan hacer alguna actividad divertida y olvidarse de los móviles y las tabletas.

—Tienen razón, son la epidemia del siglo XXI —comentó el hombre mientras se dirigía a su furgoneta verde. Después arrancó, los saludó desde la ventanilla y se marchó levantando una espesa nube de polvo.

—Bueno, es hora de navegar. ¿Estáis preparados? —preguntó el hombre.

Todos fueron a cambiarse. A la chica se le quedó atascada la camiseta de manga corta y su padre la ayudó a colocársela. Cuando salieron los demás ya los esperaban fuera.

Los adolescentes no respondieron muy entusiasmados, pero la pequeña se colocó su pequeña mochila sobre los hombros y corrió hasta abrazar la pierna de su padre.

El grupo caminó hasta el lago, se encontraban muy cerca, a algo más de doscientos metros. El hombre abrió el candado del pequeño cobertizo y miraron las canoas, las bicicletas y todo lo que el dueño tenía guardado para disfrutar de las vacaciones.

—¡Mira las bicicletas! —gritó la pequeña entusiasmada.

—Hoy nos iremos en canoa —le recordó el padre. La niña frunció el ceño y se cruzó de brazos.

—¿Qué hará el pobre de capitán? —preguntó la niña señalando al perro. El animal comenzó a agitar el rabo y meterse en el agua.

—Venga, tenemos tiempo de sobra para hacerlo todo. El perro seguirá aquí cuando volvamos.

El hombre tomó a pulso la primera canoa, era bastante ligera; la madre sacó la segunda y los dos chicos la tercera.

—Creo que con dos es suficiente —comentó el padre.

—La niña está muy grande, viajaremos muy incómodos.

—Me pido con papá —dijo la niña abrazándose a su canoa.

—Está bien, yo tomaré la individual —comentó la madre.

Dejaron las embarcaciones en el agua y se colocaron los chalecos salvavidas. Los dos adolescentes parecían algo más animados. Al menos en el agua no haría el insoportable calor que hacía en tierra, pensaron mientras subían a la canoa.

—Yo iré el primero y mamá la última. No os alejéis de nosotros, las corrientes en estos lagos pueden alejaros rápidamente —comentó el padre, como si llevara toda la vida sobre una canoa.

La mujer no sabía usar los remos y todos se rieron hasta que logró hacerse con la embarcación y seguirlos.

Estuvieron remando casi una hora hasta llegar a una tranquila y bellísima isla. No se habían encontrado ni a un alma en todo aquel camino. Sin duda aquello era lo más parecido al paraíso que habían visto jamás.

Sacaron las barcas hasta la playita y se adentraron un poco en el bosque. Tenían mucha hambre, pero la madre quería buscar el claro de bosque ideal para almorzar. El padre al final subió a sus hombros a la niña y los cinco comenzaron a tararear una canción. La mujer le miró y por unos momentos se sintió la persona más feliz del mundo. Todos los momentos amargos, las discusiones y la enfermedad, que la había limitado tanto los últimos años, parecían cosas sin importancia.

Colocaron una mantita sobre el césped y la mujer sacó la comida y los refrescos. Mientras miraban el horizonte, con su hermosa playita, el cielo azul y los árboles cubriéndolo todo con su manto verde, se mantuvieron en silencio, absortos ante tanta belleza.

—¿Por qué no jugamos un poco con la pelota? —preguntó el hijo mayor que estaba deseando pasar un poco de tiempo con su padre. Bajaron hasta la arena y disfrutaron cayéndose y regateándose el uno al otro. Las chicas los miraban desde lejos mientras recogían flores entre los árboles.

La mujer escuchó un motor y de repente se sobresaltó. Les pidió a las chicas que se quedaran unos pasos por detrás y se dirigió al otro lado de la isla. Miró entre los arbustos y vio una lancha descargando unos fardos. Aunque lo que más le inquietó fue observar que los hombres que descendían de la barca eran los mismos que los habían arrollado en la carretera. Se tapó la boca ahogando un pequeño gemido y volvió sobre sus pasos con cuidado, no quería que aquellos tipos la descubrieran.

—¿Qué sucede mamá? —preguntó la mayor al ver el rostro demudado de su madre.

—Nada, tenemos que irnos de aquí inmediatamente.

—¿Por qué? —refunfuñó la pequeña. Se lo estaba pasando muy bien cogiendo flores y disfrutando de aquel día excepcional.

—Vamos —dijo cogiéndola nerviosa de la mano. Bajaron hasta la otra playa y la mujer le hizo un gesto al hombre.

Su marido se acercó extrañado, esperaba que no se tratase de uno de los enfados de su mujer.

—He visto a esos hombres: los del supermercado que nos sacaron de la carretera. Están descargando unos fardos en la playa del otro lado del islote.

—¿Estás segura? —preguntó el hombre incrédulo.

—Sí, no creo que pueda olvidar esas caras con facilidad —dijo la mujer nerviosa. Los niños comenzaron a jugar en la arena y a meterse en el agua, a pesar de que estaba muy fría, casi congelada.

—Pues será mejor que nos marchemos. Esto está muy solitario y esa gente no parece de fiar. Pueden ser peligrosos —dijo el hombre mientras se ponía las deportivas.

La mujer recogió la manta y metió los restos de comida en la mochila. En un par de minutos ya estaban dirigiéndose hasta donde habían guardado las canoas. Se montaron precipitadamente y comenzaron a remar en dirección a tierra firme. La mujer miraba atrás constantemente, pero avanzaron sin aparentes problemas hasta unos doscientos metros de la costa. Estaban ya algo más tranquilos cuando vieron que una onda movía el agua. La mujer miró horrorizada a su espalda y vio la lancha aproximándose.

—¡Más rápido! —gritó a su familia, mientras comenzaba a avanzar con fuerza hacia la orilla.

La caseta estaba a muy corta distancia. Escucharon voces a su espalda y saltaron al agua en la zona que hacían pie. Sacaron rápidamente las canoas del agua y al darse la vuelta no vieron a nadie.

Caminaron nerviosos hasta la cabaña, parecía que por el momento se habían librado de aquellos tipos. El hombre empujó la puerta, que se habían dejado abierta, se quitó la mochila y miró por la ventana. Los chicos subieron a la segunda planta y la mujer llevó la comida a la cocina.

Su esposa apareció con un martini, quería que su esposo se relajase un poco. El hombre estaba sentado en el sillón, jugueteando nervioso con la gorra.

—¿Crees que nos habrán visto?

—No, para ellos éramos unos simples excursionistas —dijo la mujer para tranquilizarle.

—Tal vez deberíamos denunciarlos o llamar al casero.

—Ha sido una casualidad, será mejor que no le demos más vueltas —dijo la mujer dando un sorbo a su copa.

El perro comenzó a ponerse nervioso y a mirar hacia la puerta. Después gruñó y comenzó a ladrar. Escucharon que alguien pisaba una rama en el exterior. El hombre se asomó a la ventana y vio a dos tipos caminando hacia el bosque. Estaban de espaldas y no pudo ver sus caras.

—¿Eran ellos? —preguntó la mujer nerviosa, asomándose desde su espalda.

—No he podido verlos bien —dijo el hombre, pero antes de cerrar el visillo, una cara apareció al otro lado del cristal a pocos centímetros de la suya.

—¡Joder! —dijo el hombre dando un salto hacia atrás. Su esposa comenzó a gritar y corrió hacia la puerta principal para bloquearla, el hombre corrió hacia la de la cocina y puso el pestillo.

Escucharon cómo alguien intentaba abrir la puerta del salón. El hombre se apoyó sobre ella y observó lo que ocurría por la mirilla.

—¡Qué casualidad! ¡Tenemos de vecinos a la parejita del supermercado! ¡Creo que nos lo vamos a pasar en grande! —vociferó uno de los hombres.

—¡Será mejor que se marchen o llamaremos a la policía! —gritó el hombre mientras miraba a su esposa. Parecía aterrorizada.

En ese momento bajaron sus hijos a tropel, para ver lo que sucedía, su padre les hizo un gesto para que se callaran. El perro gruñía y ladraba nervioso.

—¡Adiós familia! Nos vemos pronto.

Los desconocidos se marcharon por el sendero. Al menos vieron a dos, aunque en el supermercado los habían acosado cuatro.

—¿Qué vamos a hacer? —preguntó la mujer en voz baja.

—Nada. No creo que vuelvan. Únicamente querían atemorizarnos un poco. Si no les hacemos caso se cansarán y nos dejarán en paz.

—¿Estás seguro? Si avisamos a la policía al menos sabrán lo que está sucediendo.

—Dentro de un rato visitaré al casero. Él nos dirá qué podemos hacer. Si hace falta nos iremos a otro lugar. No me importa perder el dinero del alquiler —comentó el hombre.

La mujer se abrazó a sus hijos e intentó tranquilizarlos. Se los llevó a la cocina mientras su marido continuaba observando por la mirilla. No entendía por qué la felicidad había durado tan poco, pensó la mujer mientras se alejaba, era como si una maldición se cerniera sobre ellos y les impidiera ser felices.

SEGUNDA PARTE

10. RECUERDO

Sharon se tropezó un par de veces mientras seguía a la paciente. En cambio, ella parecía esquivar fácilmente las ramas, las raíces de los árboles y las piedras del sendero a pesar de caminar descalza. Llegaron a una zona algo más despejada. Ya no se escuchaban las voces, la mujer parecía algo más calmada y daba la impresión de que la fatiga la había invadido de nuevo.

—¿Qué ha pasado? El doctor me llamó para que viniera de inmediato a la clínica, supuestamente le había vuelto la memoria, pero me encuentro con que han asesinado al doctor Sullivan y que unos hombres la buscan.

—Ya le comenté que nos acosaron...

—Sí, pero eso fue hace más de una semana. Un incidente aislado sin importancia.

—No, logré recordar un poco más. Esos hombres estaban descargando algo en una isla próxima a nuestra cabaña y nos siguieron hasta allí.

—¿Ya recuerda que no eran dos, sino cinco los componentes de su familia?

—Sí, claro. Mi esposo, mis dos hijas y mi hijo. ¿Por qué me pregunta eso?

—Antes únicamente recordaba a su hija pequeña, Charlotte, la llamaba.

—Pero están los otros dos niños, bueno ya son adolescentes. Steve e Isabelle son gemelos, aunque Isabelle se considera mayor que su hermano. Las mujeres maduran antes, ya lo sabe.

—¿Cómo se llama su marido? ¿Cuál es su apellido? Eso nos ayudaría mucho.

—Bueno, él se llama… —dijo la mujer pensativa.

—¿Qué sucede?

La mujer comenzó a golpearse en la cabeza.

—No me acuerdo, no sé qué me sucede.

La policía le pasó el brazo por la espalda, estaba temblando, empapada y confusa. Comenzaba a recordar el horror que había vivido y, cuanto más recordaba, más sabía que lo que le había sucedido a su familia era muy peligroso.

—No importa. ¿Sabe si le contó algo al casero? Tal vez fueron a la policía. Cualquier detalle me ayudaría mucho.

—Bueno, además de lo que le he comentado, no recuerdo nada —dijo la mujer mirándola a los ojos, aunque en medio de la oscuridad apenas los intuía.

—Será mejor que regresemos al pueblo. Iremos directamente a la oficina del sheriff, allí estará a salvo.

—No, prefiero quedarme aquí.

—¿Aquí? En medio del bosque, empapada hasta los huesos y con unos asesinos persiguiéndola, no creo que sea una buena idea.

—Él estaba con ellos —dijo la mujer, mientras le temblaba el mentón.

—¿Quién estaba con ellos?

—El sheriff, el doctor no la localizaba al principio y le llamó a él. Llegó muy rápido, como si estuviera esperando la llamada. Escuché que discutían fuera de la habitación.

—¿De qué hablaban? —preguntó nerviosa la ayudante del sheriff.

—El doctor le contó lo que yo lo recordaba. El sheriff le dijo que era mejor no dejar piezas sueltas, el doctor se puso furioso y comenzó a gritarle. Entonces escuché un golpe. Me asomé y vi que el sheriff le había derrumbado, me asusté mucho, pero no tenía escapatoria.

—¿Qué pasó después? —preguntó angustiada Sharon. Dudaba de la mujer, pero lo que le contaba parecía verosímil y la paciente no parecía alterada en ese momento.

—Bueno, el hombre entró. Me miró fijamente. Al principio no recordaba su rostro, pero luego me vino como una imagen. Le conocía, aunque no estaba segura dónde le había visto antes.

La agente buscó en su teléfono alguna foto de su jefe y después se la enseñó en la pantalla del teléfono.

—¿Es este hombre?

—Sí —contestó la mujer asustada.

Sharon notó cómo el corazón se le aceleraba y le faltaba la respiración. ¿Qué podía hacer? Si lo que decía la mujer era cierto, las dos estaban en peligro. Debía llamar al FBI o intentar ir al pueblo de al lado, para hablar con el sheriff de allí.

—¿Por qué la dejó escapar?

—No me dejó escapar. El hombre me apuntó con un arma. Le supliqué que no me matase y se me quedó mirando, impasible. Entonces me dijo: "Por el bien de tu familia será mejor que no hagas ninguna tontería...".

—¿Tienen a su familia? —preguntó la agente.

—Eso creo, esa gente monstruosa tiene a mi familia. Si hablo la matarán, pero si me atrapan me pegarán un tiro.

11. UNA PISTA

No sabía qué hacer. Por un lado, pensaba que era absurdo que el sheriff estuviera implicado en algo así. Era uno de los hombres más respetados de la comunidad, llevaba toda la vida trabajando por la justicia y estaba a punto de jubilarse. ¿Qué sentido tenía que persiguiera a una familia de turistas? ¿Por qué iba a amenazar con matar a niños inocentes? ¿Qué podía saber aquella mujer para que le implicara hasta aquel punto?

Sharon decidió ir a la cabaña de su abuelo Mike. Era un lugar solitario, en medio de la nada. La familia llevaba años sin aparecer por allí y no había hablado de aquel lugar a casi nadie. En cierto sentido para ella era un lugar maldito. El sitio en el que su hermana había desaparecido años antes y donde la infelicidad de toda la familia había comenzado. Mucha gente no lo había pensado nunca, pero hay momentos en las historias personales de cada uno, y también de las sagas familiares, en los que la vida se convierte en una especie de maldición de la que ya no puedes escapar.

Llegaron al amanecer a la cabaña. No era muy grande, no tenía luz eléctrica y el agua provenía de un viejo pozo. Tampoco llevaban provisiones y en unas horas deberían tomar una decisión.

Sharon abrió la puerta después de buscar la llave oculta en una maceta cercana y una nube de polvo pareció moverse por el aire viciado de la cabaña. En algunos rincones había telarañas y las contraventanas estaban a medio echar, pero todo estaba en su lugar, como si el tiempo se hubiera detenido en aquel lugar mágico de la infancia.

—Debió ser una linda casa —dijo la paciente. La policía la vio vestida con aquel camisón empapado, con el pelo chorreando y aquella expresión de animal asustado y se puso aún más triste. Buscó en uno de los armarios de arriba. Aún había ropa, estaba limpia, aunque anticuada y con cierto olor a humedad.

La mujer se cambió en el cuarto mientras ella buscaba algo de comer en la despensa. Encontró algunas latas de carne y sardinas, un bote de Nutella que no había caducado aún y café. Abrió el grifo y después de algunos bufidos y agua medio turbia, el agua comenzó a brotar con fuerza. Era tan clara como el sol que por fin había decidido hacer su aparición.

La mujer reapareció con su ropa. Ahora que la veía algo más arreglada, con el pelo recogido en una coleta y sin la expresión turbia de los pacientes que toman ansiolíticos, la vio mucho más bella.

—Gracias por la ropa y por ayudarme.

—De nada. Me estaba terminando de contar lo que le sucedió al doctor Sullivan.

—Sí, es cierto. El sheriff me apuntaba con su arma, pero antes de que disparara, el doctor le golpeó con algo en la cabeza y el hombre se derrumbó en el suelo de madera. Me tomó de la mano y me llevó hasta la capilla, me dijo que me escondiera e intentó escapar, pero el sheriff llegó con más hombres. Al menos dos voces eran las mismas que las de las personas que nos acosaron en el super —comentó la mujer.

—¿Está segura de eso?

—Sí. Hay cosas que no se te pueden olvidar. Puede que haya tenido amnesia, pero en cuanto las escuché las reconocí de nuevo.

Sharon puso el café y unos minutos más tarde estaban sentadas en el sillón como dos viejas amigas que charlan de sus cosas.

—¿Sigue sin creerme? ¿Verdad?

—Me cuesta, lo reconozco, mi jefe siempre ha sido un buen hombre. No puedo imaginarlo como un asesino. ¿Quién disparó al doctor?

—No lo vi. Estaba escondida, pero si el sheriff no lo hizo, al menos lo ordenó.

Sharon se levantó y se dirigió a la cocina, entonces vio la llamada de su jefe. Afortunadamente tenía el teléfono en vibración. Dudó unos instantes y al final apretó la tecla.

Salió por la puerta de atrás y se sentó en las escaleras. En aquel mismo lugar cientos de veces había tomado una taza de chocolate con su hermana gemela y su abuelo.

—Hola —dijo en el tono de voz más bajo que pudo.

—¿Dónde diablos estás? Estamos buscándote por todos lados. Temíamos que te hubiera pasado algo.

—Estoy bien, necesitaba aclarar las ideas y...

—¡Aclarar las ideas! Joder, Sharon. El doctor Sullivan está muerto. Tu coche está aparcado enfrente de la clínica y has desaparecido. Estoy teniendo que dar muchas explicaciones para que no vengan los federales y pongan todo esto patas arriba. La paciente ha desaparecido y creemos que mató al doctor —dijo el sheriff sin disimular su tremendo enfado.

—Eso es una estupidez. ¿Por qué iba a hacer algo así?

—Bueno, tenemos novedades. Cosas que desconoces. Al parecer la paciente se llama Victoria Landers, ese es el apellido de su marido. La familia lleva desaparecida desde hace unos días. Son en total cinco personas, creemos que la paciente es una de ellas.

—¿Por qué no me habías dicho nada?

—Nos acabamos de enterar. La familia se encontraba en una cabaña en Canadá, por eso no estaba en nuestros registros. Esa maldita cabaña está en la frontera. Parte de las tierras son canadienses y parte norteamericanas, lo que produce un conflicto de competencias de la leche. Un verdadero lío burocrático, la cosa es que los canadienses nos han pasado información. La señora Landers o Victoria, o como quieras llamarla, tiene tendencias suicidas. Incluso en Inglaterra se abrió una investigación, al parecer un día casi prende fuego a la casa con todos sus hijos dentro.

Sharon no podía creer lo que le contaba su jefe. Victoria, la paciente, podía ser una asesina o al menos una lunática que había terminado con toda su familia.

—¿Han encontrado al resto de la familia?

—No, por ahora todos están desaparecidos, pero no tengo mucha confianza en que los encontremos con vida. No después de tantos días. ¿Está contigo? ¿Verdad?

—Tengo que dejarte. Necesito...

Escuchó unos pasos a su espalda. Se giró y vio a la mujer de pie, mirándola con extrañeza.

Sharon colgó el teléfono y se giró hacia ella.

—¿Con quién estabas hablando? Era con el sheriff, ¿verdad?

La agente no supo qué contestar, se puso en pie y se guardó el teléfono en el bolsillo del pantalón.

—Te habrá contado que estoy loca, que mi familia ha desaparecido y que tengo algo que ver. Imagino que incluso sabe lo del incendio. No estoy loca, están usando todo eso para confundirte. Son unos malditos cabrones —dijo poniéndose más furiosa.

—¿Por qué no me cuentas todo desde el principio? Quiero creerte, pero necesito conocer toda la verdad.

La mujer agachó la cabeza, como una niña que acababa de ser descubierta mintiendo o haciendo alguna travesura. Las dos entraron en la casa y Sharon preparó más café. Iba a ser un día largo y necesitaba algo que le aclarase un poco las ideas.

12. CONFIANZA

Una semana antes, en las proximidades de Fort Frances.

Victoria no quería quedarse sola en la cabaña, estaba temblando y los niños percibían su angustia. Samuel la llevó al salón, tenía que convencerla, si no lograban tranquilizarse todo podría complicarse aún más.

—Tendré que hablar con Timothy, seguro que nos echará una mano.

—Creo que es mejor que llamemos a la policía.

—No, Victoria, eso lo complicaría todo aún más. Además, ¿de qué van a acusarlos?

—De sacarnos de la carretera, de acosarnos en el lago...

—Sería nuestra palabra contra la suya y ellos son de la zona. En lugares como este se fían antes de los vecinos que de unos desconocidos. Además, esto no es Europa, nos miran como una pareja rara. No es tan normal las familias interraciales.

—Eso es una tontería. Aquí, como en cualquier lugar del mundo, tienen que respetar las leyes. Además, la cabaña se encuentra en Canadá. Los canadienses son gente razonable.

Samuel puso los ojos en blanco, siempre le sucedía lo mismo con su mujer. Era imposible hacerla entrar en razón.

El hombre se fue a la buhardilla furioso, rebuscó entre los trastos viejos y encontró un fusil. Era uno viejo, que seguramente habían utilizado para cazar, al lado había algunos cartuchos. Bajó las escaleras de dos en dos y después de cargarlo se lo dio a su mujer.

–¿Te has vuelto loco? —le preguntó la mujer al verle bajar con el arma.

–Aquí es legal, además, si ellos entran en la propiedad estamos autorizados a defendernos. Te lo dejaré mientras hablo con el casero.

–Guarda esto. Los niños podrían hacerse daño —dijo la mujer dándole el arma de nuevo.

–No, tiene puesto el seguro, se quita aquí y…

–¿Por qué sabes de armas?

–Me crie en África, recuerdas. Vivíamos en la capital, pero a veces nos marchábamos al campo para cazar.

–¿Cómo no me lo habías contado nunca? No sabía que estabas a favor de la caza.

–Por Dios, Victoria. No es el momento de abrir un debate sobre las armas y la caza. Si esos tipos regresan no servirá de nada darles discursitos. Esto es la vida real, puede que a algunos europeos os cueste creerlo, pero el mundo es jodidamente difícil y peligroso. En muchos lugares no hay un Estado que te defienda y unas leyes que te protejan. Toma el fusil, yo volveré lo antes posible.

–¿Te marcharás en el coche? Tal vez lo necesitemos.

–Me iré caminando, nos dijo que se encontraba cerca, a unos pocos kilómetros por el camino de la montaña.

La mujer respiró hondo, después abrazó a su marido entre lágrimas y ambos se dirigieron a la puerta. Samuel salió al porche, miró a ambos lados y comenzó a caminar.

—¿Llevas el teléfono?

—Ya sabes que aquí no hay cobertura —le recordó su marido.

—De todas formas. Llévalo, puede que en algún sitio funcione.

La mujer cerró la puerta apresuradamente y la atrancó, había mandado a los niños a la planta de arriba. No tenía fuerzas para darles explicaciones y mostrar una calma que le faltaba. Dejó el fusil apoyado en la pared y fue a la cocina para abrir el vino. Necesitaba una copa para relajarse. Después se sentaría a esperar. Aquella pesadilla terminaría pronto y podrían regresar a casa. Ya no quería más vacaciones.

Pasaron más de tres horas y su marido no regresó. Aquello comenzó a ponerla muy nerviosa, se había bebido casi una botella de vino, pero lo único que había conseguido era angustiarse aún más. ¿Qué había podido sucederle y por qué no había regresado aún?

Miró por la ventana, no tardaría en oscurecer. No quería pasar una noche en aquel sitio en medio de la nada. Tomaría el coche y se llevaría a los niños al pueblo, eso es lo que tenían que haber hecho, pero Samuel no quería perder el dinero de sus malditas vacaciones.

Steve bajó las escaleras y se acercó a su madre.

—¿Cómo estás? —le preguntó mientras se sentaba a su lado.

—Bien, cariño. No te preocupes.

—¿Por qué no ha regresado todavía?

—Puede que haya ido al pueblo y esté cursando una denuncia. Eso le llevará un tiempo.

—No creo que papá nos dejara aquí mientras se marchaba al pueblo.

—Puede que tengas razón, pero por ahora no nos queda más remedio que esperar. Si no ha regresado antes de que anochezca nos marcharemos —contestó la mujer.

—Pero ¿qué sucederá si le han capturado?

La mujer no se había planteado aquella posibilidad. Estaba tan confusa y asustada que apenas podía pensar con claridad.

—Cada cosa a su momento. No sirve de nada plantearse cosas que quizás no sucedan. Esos tipos son unos matones, unos malnacidos, pero Canadá no tiene un alto índice de criminalidad. Son unos palurdos que quieren divertirse a nuestra costa.

Charlotte bajó por las escaleras llorando, su hermana corría detrás de ella, pero no lograba pararla.

—¡Mamá, tengo miedo!

El perro comenzó a moverse de un lado para otro nervioso. La mujer abrió los brazos y la estrechó entre ellos un buen rato. Al final todos se fundieron en uno solo. Mientras los sentía tan cerca se juró que no permitiría que nadie les hiciera daño.

—¿Dónde está mi osito? —preguntó la pequeña.

—Lo debes haber dejado arriba —le contestó su hermana mayor.

—Quiero mi oso —insistió la niña.

—Pues, sube a por él —dijo la hermana con el ceño fruncido.

—Isabella es una estúpida —dijo Charlotte con los labios fruncidos.

—No digas eso. Yo subiré a por él —dijo la mujer. Necesitaba despejarse un poco, se echaría agua en la cara e intentaría apartar aquellos nefastos pensamientos de su cabeza.

Subió las escaleras despacio, intentado dilatar ese tiempo lo máximo posible. Fue a la habitación de los chicos y tomó el osito, después se dirigió al baño y comenzó a echarse agua helada en la cara. Ahora se arrepentía de haber bebido tanto. Estaba comenzando a despejarse un poco, cuando comenzó a escuchar los gritos y los ladridos del perro.

13. LOS CONTRABANDISTAS

Una semana antes, en las proximidades de Fort Frances.

Samuel intuyó que le seguían y se salió del sendero. Ya no era el joven aventurero al que le encantaba subir montañas y explorar zonas casi inaccesibles. Todo eso había acabado muchos años antes. Ahora era un hombre de mediana edad, sedentario, con algo de barriguita y que el máximo esfuerzo que realizaba era ir de vez en cuando al gimnasio o sacar la bicicleta para dar un paseo con sus hijos. Sabía que la vida tranquila de su casa a las afueras de Londres le había convertido en todo lo que odiaba de joven. No es que quisiera estar soltero, ni que no amase profundamente a su familia, de hecho, no la cambiaría por nada del mundo, pero lo que realmente sucedía era que a veces las cosas no son como uno se las ha imaginado de joven. Habían tenido una vida feliz, si exceptuaba las crisis de su esposa, pero sabía que lo que quedaba por delante era la peor parte de su vida. En unos años sus fuerzas menguarían, su atractivo desaparecería y, lo peor, la enfermedad de su esposa se agravaría. Los médicos le habían dejado claro, aunque ella se negara a aceptarlo, que cada año se encontraría un poco peor, más débil, con crisis nerviosas más profundas que aumentarían con el tiempo y acabaría postrada en una cama los últimos años de su vida. Victoria se negaba a reconocerlo, sabía que era muy duro para ella, pero también lo era para él.

Tuvo una crianza privilegiada, mientras que la mayor parte de la gente de su país vivía en la indigencia o la pobreza; después él había estudiado en Europa, había pasado unos años maravillosos conociendo gente, disfrutando de la vida y, después, conviviendo con Victoria. Los niños siempre habían sido fuentes de conflicto, él era mucho más estricto, pero ella siempre tenía una buena excusa para levantar un castigo o disculpar cualquier falta de los niños. En los últimos años la situación se había deteriorado mucho, hasta el punto de que él a veces le tenía miedo. En una de sus crisis era capaz de tomar un cuchillo y clavárselo sin pestañear.

Se ocultó detrás de un árbol e intentó buscar a sus perseguidores, pero no los vio. Pensó que se había imaginado que le seguían. De hecho, pensaba que todo lo que pasaba era más producto de la imaginación de Victoria que de la realidad. Él no había estado en el momento en el que la habían increpado en el supermercado. Era cierto que en la caja se habían mostrado un poco groseros, pero era algo que les sucedía demasiado a menudo. El mundo estaba lleno de racistas y estúpidos, eso nadie podía cambiarlo, por muchas leyes que crearan.

Regresó al sendero y comenzó a caminar deprisa, llevaba unos diez minutos cuando comenzó a sentirse fatigado. Todo el trayecto era de subida, una ascensión que cada vez era más empinada. Entonces escuchó unas piedras moverse y miró hacia atrás. Allí había dos hombres, uno de ellos algo mayor, el otro un joven, eran los tipos del supermercado. Le miraron sonrientes, pero a él aquella expresión le heló la sangre y comenzó a correr. Por unos instantes el cansancio y la fatiga desaparecieron, la adrenalina le mantenía en un estado de alerta máximo. Escuchaba las voces y los jadeos de sus perseguidores. Intentó acelerar el paso, pero estaba al límite de sus fuerzas, para colmo era una zona abierta y era imposible despistarlos.

Comenzaba a desesperarse cuando vio una casa a lo lejos. Sin duda era la casa de Timothy. Aceleró aún más el paso, al fin y al cabo, en menos de quinientos metros estaría en la propiedad y dudaba que quisieran hacerle algo a un vecino de la zona.

Los hombres corrieron más rápido, los sentía muy cerca, como si estuviera al alcance de sus brazos, pero no dejó de acelerar el paso, tenía que conseguirlo, se encontraba muy cerca.

Uno de los hombres rozó su camisa con los dedos poco antes de alcanzar el camino de gravilla, pero entonces se escuchó un tiro y los dos perseguidores se pararon en seco. Después se dirigieron hacia los árboles y desaparecieron de la vista. Miró hacia la casa y vio al casero con un rifle apoyado en el hombro, llevaba un puro entre los labios y parecía satisfecho.

—Señor Landers, veo que esos malnacidos han estado molestándole. No se preocupe, lo arreglaremos de una forma u otra. Los malditos contrabandistas están arruinando esta zona. No me entienda mal, en las fronteras siempre se ha hecho contrabando, es natural, pero lo que esa gente mete en Canadá no es precisamente tabaco o alcohol. Después escupió en el suelo y se puso el rifle en el hombro mientras le invitaba a entrar en la casa.

El sitio era agradable, aunque se notaba que el hombre vivía solo. Nada de figuritas, flores o cortinas a juego, todo era funcional y cómodo. Samuel estaba sin aliento, se agachó e intentó recuperar fuerzas. El hombre le trajo un vaso de agua y lo bebió de un trago.

—¿Dónde se encuentra su familia, señor Landers?

—Están en la cabaña.

El casero frunció el ceño y apretó los dientes en el puro.

—No ha sido buena idea dejarlos solos con estos tipos. Será mejor que vayamos a por ellos de inmediato.

Las palabras del hombre le quitaron de repente el poco sosiego que había logrado recuperar. Siguió a Timothy hacia el coche y rezó para que su familia estuviera bien. No podía perderlos, si les sucediera algo no se lo perdonaría nunca.

14. SOSPECHAS

La historia de Victoria y su familia le parecía demasiado asombrosa para ser cierta, aunque no del todo descabellada. Había muchos contrabandistas en la zona y en los últimos años se habían producido algunos casos violentos. Todo el parque nacional era muy tranquilo. Minnesota se caracterizaba por ser un estado seguro y pacífico: era más fácil morir devorado por un oso o atrapado por una tormenta de nieve que por el disparo de un arma de fuego. Sharon escuchó a la mujer y cuando esta comenzó a llorar le puso un brazo en el hombro. Aquella historia no era incompatible con que ella hubiera perdido la cabeza, al parecer tenía todo un historial de inestabilidad emocional. ¿Podía ese incidente haber roto su frágil equilibrio interno? ¿Cómo debía actuar con ella?

—¿No me cree? ¿Verdad?

—No es tan sencillo. Entiendo que esté aterrorizada, sobre todo porque no recuerda qué sucedió después. Únicamente ha logrado recordar hasta que esos hombres llegaron a la cabaña y su esposo se había marchado a pedir ayuda. Pero sería mucho mejor que fuéramos al pueblo y hablásemos con el sheriff, si no se fía de él, yo misma llamaré al FBI y la policía de Canadá. ¿Ustedes les informaron de todo esto? ¿Es así?

La mujer puso cara de extrañeza.

—Que yo recuerde no.

La agente se quedó pensativa, su jefe le había comentado que la familia había denunciado todo ante las autoridades y que la policía de Canadá los estaba buscando.

—Un momento —dijo apartándose de Victoria.

Se fue a la cocina y consultó su teléfono. Buscó en la web de la policía de Canadá, si habían denunciado su desaparición tendría que estar colgado en alguna parte. Estuvo un buen rato indagando, pero no había ninguna orden de búsqueda de la familia.

¿Por qué le había mentido su jefe? Y, lo que era aún más preocupante. ¿Cómo sabía los nombres y datos de la familia?

Regresó al comedor y guardó de nuevo el teléfono.

—¿Todo bien? —le preguntó la paciente.

—Sí, quería comprobar una cosa.

La luz mortecina de la tarde comenzaba a caer y tenía que tomar una decisión cuanto antes. En una hora ya no habría luz y tendrían que pasar la noche allí. Entonces vieron un reflejo en la ventana. La agente se asomó discretamente y contempló destellos entre los árboles. Sin duda un grupo de hombres con linternas se aproximaba.

—¿Qué sucede?

—Creo que nos han localizado —dijo la agente.

—¡Dios mío!

—Apague las luces. El lago está cerca y conozco muy bien esta zona. Mi hermana y yo siempre jugábamos con mi abuelo por toda esta zona. Nos gustaba asustarle. Debajo de la cocina hay una trampilla, lleva a la parte baja de la casa. Las cabañas en esta zona no se construyen sobre el suelo por la humedad, eso sirve de cámara. Venga —dijo la mujer mientras atrancaba la puerta principal.

—No podremos huir.

—No se preocupe.

Bajaron por la trampilla y la volvieron a cerrar, Estaba tan disimulada que dudaba que aquellos hombres pudieran encontrarla. Se arrastraron a cuatro patas hasta la parte trasera. Vieron las luces acercarse y después entrar en la casa.

—Ahora es el momento —dijo la agente. Quitó una trampilla y salieron a la parte trasera. Corrieron hacia el lago, escucharon unas voces. No sabían si alguien las habría visto.

En medio de la casi total oscuridad lograron llegar a las inmediaciones del agua.

—¿Y ahora qué haremos? —preguntó Victoria. Escuchaban los ladridos de los perros y las voces a lo lejos.

—Tenemos que entrar en el agua. A unos quinientos metros hay una pequeña isla. Podremos llegar nadando, mi hermana y yo lo hacíamos en verano.

—¿Nadar medio kilómetro? No lo conseguiré —dijo la mujer asustada.

—No lo sabremos si no lo intentamos —dijo la agente mientras la empujaba al agua.

Los perros y las voces se escuchaban cada vez más cerca. Comenzaron a nadar con todas sus fuerzas. El agua estaba helada, apenas sentían los miembros, sus cuerpos temblaban en medio de la oscuridad, tenían la sensación de estar nadando sobre un cielo sin estrellas.

Sharon intentó nadar a la par de la mujer. No estaba segura de si lograría llegar a la otra orilla. A medio camino Victoria se quedó parada, respiraba con dificultad y temblaba de frío.

—Ya queda poco —la animó la agente.

—No puedo más. Déjeme aquí.

—Y ¿qué pasará con su familia? ¿Cree que podrán sobrevivir si se rinde ahora?

—No puedo más, no tengo más fuerzas —dijo la mujer sollozando, con la respiración entrecortada.

—Siempre podemos intentarlo.

Sharon comenzó a nadar hacia el islote, si se quedaba quieta se congelaría y ella tampoco lograría llegar al otro lado.

Miró hacia atrás, pero ya no la vio.

—¡Maldita sea! —dijo retrocediendo. Aquella era una manera estúpida de morir. Sola, en medio de un lago, intentando salvar a una perturbada. Aunque en cierto sentido sabía que en el fondo no estaba allí por ella. Se debía algo a sí misma y sobre todo a su hermana desaparecida. Mucho tiempo antes había fallado a la persona que más amaba en este mundo. Desde entonces había vivido por inercia, dejándose llevar por las circunstancias, llevando la dura carga de la culpa, el miedo y la muerte. La única forma de liberarse era enmendando sus errores, por eso se había hecho policía.

Nadó y la buscó por todas partes. ¿Dónde diablos estás? Se dijo mientras miraba la completa oscuridad que la rodeaba, pero la única respuesta que tuvo fue el silencio inquietante de la noche y la sensación de que si no salía de allí cuanto antes, no tendría fuerzas para llegar a tierra firme.

15. SORPRESA

Una semana antes, en las proximidades de Fort Frances.

Victoria estaba bloqueada. Si corría escaleras abajo y tomaba el rifle podría defender a sus hijos, pero tenía el cuerpo completamente paralizado. Intentó quitar las manos del lavabo, en el que continuaba apoyada. Le gritó a su mente que reaccionara, pero el cuerpo se mantuvo quieto, como si otra persona tuviera el control sobre él. Por unos momentos pensó en la liberación que supondría la muerte. Eso es lo que le había llevado a quemar su casa unos meses antes: estaba cansada de luchar. Primero por un matrimonio que no funcionaba, después por una enfermedad que nadie descubría. Todo el mundo pensaba que estaba fingiendo, que realmente no deseaba cuidar de sus hijos y asumir sus responsabilidades. Sus padres se comportaban como si mereciera todo aquello. Ella nunca había cumplido sus expectativas; no había sido una buena hija, tampoco se había convertido en la profesional independiente y exitosa que esperaban; además se había casado con un negro machista, musulmán y mujeriego. Una gran cagada para una familia liberal que quería demostrar al mundo que las tradiciones y las convenciones sociales eran estúpidas. Ahora era ama de casa, esposa abnegada, madre modelo y una neurótica peligrosa.

Al final logró despegarse del lavabo y correr escaleras abajo. Llegó hasta el fusil justo antes de que lograran abrir la puerta. Colocó a sus tres hijos a sus espaldas y apuntó a los dos hombres que habían forzado la entrada. El perro ladraba sin parar y gruñía enseñando los dientes.

—Joder, la señora nos recibe con una escopeta —dijo uno de los hombres, como si el arma de fuego no le produjera la más mínima impresión.

—No creo que la inglesita sepa utilizarla. Es una buena mamá, seguramente la chupa de maravilla —comentó el otro.

—¡No den un paso más o disparo! —gritó Victoria. Le temblaban las manos y tenía unas tremendas ganas de orinar, pero estaba dispuesta a todo por salvaguardar a sus hijos.

Los dos hombres siguieron caminando, ella apretó el gatillo, pero no sucedió nada. Uno de los hombres le arrancó el fusil de las manos y ella caminó hacia atrás, con todos sus hijos en la espalda.

—Primero hay que quitar el seguro. Mire —dijo el hombre delante de la cara de la mujer.

—¿Qué quieren de nosotros? ¿Por qué no nos dejan en paz? Mi marido ha ido a buscar a la policía y no tardarán en venir.

Los dos hombres se rieron, parecían disfrutar mucho de la situación. Charlotte comenzó a llorar y los gemelos intentaban calmarla, pero cada vez gritaba más.

—Una zorra casada con un negro y sus malditas crías mestizas sería suficiente, pero además vas y metes las narices en nuestros asuntos. ¿Qué viste en la playa?

—Nada, se lo aseguro.

—¡Nada! ¿Piensas que puedes engañarnos? Será mejor que nos digas ahora mismo lo que viste.

La mujer no sabía qué responder. Únicamente los había visto descargar unos fardos.

—Nada, mi marido regresará en cualquier momento.

—Mi padre y mi hermano pequeño han ido a por él. No creo que llegue muy lejos. Será mejor que nos tranquilicemos. Diles a los niños que no pasa nada. No queremos que nadie sufra ningún daño. Al menos que nosotros queramos, claro está. Todo dependerá de lo bien que se porten y de que nos cuenten la verdad.

—Jimmy, lleva a los chicos arriba. Cada uno en una habitación.

—¿La niña también? —preguntó el gigantón.

Su hermano le clavó la mirada y los subió a los tres a trompicones por las escaleras. Cuando se quedaron solos, llevó a la mujer hasta uno de los sillones y la sentó bruscamente.

El perro comenzó a gruñir y a enseñar los dientes de nuevo. El hombre lo miró desafiante y después se puso en cuclillas, lo llamó y el animal dudó por un instante, pero al final se acercó moviendo el rabo. El hombre lo cogió por el cuello y lo acarició unos momentos, después sacó un cuchillo y le rajó la garganta de un solo tajo.

A pesar de la situación, Victoria se sintió sorprendida al no sentir temor. No quería que nada malo les sucediera a sus hijos, y estaba segura de que sería capaz de protegerlos.

—Bueno, señora, creo que es el momento de que tengamos una charla tranquila. Las cosas se han complicado un poco. Nosotros somos gente razonable, velamos por nuestros negocios y eliminar a una familia de europeos degenerados no entra en nuestros planes. No queremos a federales y policías canadienses merodeando por la zona. Antes este era un lugar tranquilo, la gente se metía en sus asuntos y todos éramos felices, pero la gente como usted está terminando con todo lo bueno que tenía este lugar solitario. Vienen en busca de emociones para escapar de sus anodinas vidas. Nosotros les daremos emociones. No se preocupe.

El hombre se sentó junto a la mujer. Victoria tenía las manos atadas a la espalda; su camiseta estaba algo desgarrada por el forcejeo de la escopeta y el hombre se quedó fijo un momento en sus prominentes pechos.

—Eso es lo que me gusta de las matronas. No son como las escuchimizadas adolescentes que vienen en verano provocando, son mujeres de verdad. Mientras llega su marido creo que podríamos pasar un buen rato. Seguro que después de estar tanto tiempo a dieta africana, aprecia un buen solomillo anglosajón.

—Es un cerdo —dijo la mujer y después le escupió a la cara.

El hombre se quitó la saliva lentamente de la cara, después sonrió a la mujer y le dio una tremenda bofetada; la mujer se cayó al suelo y él la levantó por los pelos y volvió a sentarla.

—Creo que no ha entendido su situación. Esto no es Inglaterra, está en mi territorio y me tiene que respetar. Yo no soy un hombrecito moderno, uno de esos tipos que se deja someter por las mujeres. Estoy seguro de que cuando termine contigo serás una mujer complaciente y obediente.

El hombre comenzó a besarle el cuello y manosearla, Victoria se resistía, pero era muy difícil con las manos atadas. Era demasiado fuerte para ella. Sabía que a veces era mejor seguir la corriente hasta que tuviera la oportunidad real de escapar. Intentó soportar aquello de la manera más estoica posible. Lo importante era tener un plan y poner a salvo a su familia. Si debía sacrificarse por ellos lo haría sin dudarlo.

—Veo que estás comprendiendo la situación —dijo el hombre complacido por su docilidad.

Victoria abrió los ojos, miró a un lado y vio el cinto del hombre sobre una repisa. Se lo había quitado para estar más cómodo, a un lado colgaba un gigantesco cuchillo.

—Si me sueltas podré hacer más cosas —dijo la mujer con una sonrisa.

—Creo que a la inglesita le está gustando. Está bien, pero pórtate bien. Si le digo a mi hermano que rebane el cuello a alguna de tus crías lo hará sin dudar. Además, creo que le gusta tu hija mayor, siempre le han gustado jovencitas. Pórtate bien y todo pasará muy pronto.

El hombre le desató las manos y siguió acariciándola, la tumbó en el sillón, le quitó la camiseta y el sujetador, después la contempló unos segundos, como el que saborea el postre antes de terminarlo. Hundió su cara en el pelo limpio y fresco de la mujer, mientras ella buscaba la manera de llegar hasta el cuchillo y sacar a su familia de la cabaña cuanto antes.

16. MIEDO

Era inútil sumergirse en aquellas aguas oscuras y turbulentas. Si la mujer se había ido hacia el fondo sería inútil intentar buscarla. Sharon comenzó a nadar hacia el islote, sus músculos comenzaban a cansarse y el frío la paralizaba casi por completo. Cuando estuvo a pocos metros de la orilla escuchó una voz a su espalda, miró a la oscuridad que parecía devorarlo todo y sintió una figura que se aproximaba hacia ella.

—¿Se encuentra bien? —preguntó a la negrura, mientras intentaba mantenerse a flote, pero no hubo respuesta, nadó hacia la voz, extendió los brazos para intentar palpar lo que tenía a su alrededor, pero todo fue inútil.

Entonces un brazo se aferró a su espalda y comenzó a hundirla. La mujer luchó por salir de nuevo a la superficie y mantenerse a flote, pero algo se aferraba a su espalda con fuerza. Logró salir de nuevo del agua, estaba aturdida, casi sin aire, pero al menos la adrenalina había conseguido insuflarle las fuerzas que parecían sucumbir cada vez que era sumergida.

—¡Dios mío! —gritó intentando zafarse.

—Agente —dijo la voz sofocada de la paciente—. ¡Me ahogo!

Sharon consiguió que se diera la vuelta y mientras que con un brazo la mantenía a flote, con el otro nadaba hacia la orilla. En lugar de aproximarse parecía que la tierra firme se encontraba más lejos, entonces se dio cuenta de que la corriente las estaba arrastrando. A poco más de dos kilómetros el lago terminaba en un río con unos tremendos rápidos, y después una catarata de más de veinte metros de altura. Además, era consciente de que no podría mantener a la mujer a flote si los rápidos comenzaban a zarandearlas de un lado al otro.

—Ayúdeme —le pidió desesperada la mujer.

Sharon nadó con todas sus fuerzas, pero la corriente era demasiado fuerte y debía nadar con el lastre de la mujer a su espalda. Intentó hacer más esfuerzos, pero lo único que conseguía era agotarse más y si continuaba, en un par de minutos, las dos estarían hundiéndose en el lago. Pensó que era mejor dejarse llevar. El agua las arrastró con fuerza. Parecía como si estuvieran montadas en una atracción de feria mal graduada y peligrosa. La mujer gritaba y sacudía los brazos, mientras ella intentaba mantenerla a flote.

Cuando entraron en los rápidos Sharon perdió el poco control que le quedaba. Comenzó a pensar en su hermana gemela y se preguntó si había muerto de aquella misma forma. Nunca encontraron su cuerpo, por lo que muchos pensaron que se había ahogado en el lago y que su cuerpo había sido arrastrado corriente abajo por el río.

La fuerza del agua era cada vez mayor, se golpeaban con las rocas y las ramas que había desperdigadas por el cauce. La agente pensó que era el final, tal vez una forma justa de morir, ya que ella había sido incapaz de salvar a su propia hermana. Odiaba tanto que su vida se confundiera en dos cuerpos exactamente iguales. Siempre había soñado con ser única y exclusiva, hasta que al quedarse sola comprendió lo afortunada que había sido por tener a otro ser tan parecido a ella, tanto que a veces a sus padres les costaba distinguirlas.

Nuestros deseos son los peores enemigos del alma. Cuando se hacen realidad nos muestran lo equivocados que estábamos, pensó mientras el agua las arrastraba con fuerza. Se soltó de la mujer, ya no era el momento de heroicidades, debía luchar por su propia supervivencia.

Comenzaba a ahogarse, tenía el cuerpo magullado y dolorido, cuando vio un tronco de un árbol caído sobre el agua. Estaba a poco más de un metro de altura, tenía que levantar los brazos y saltar para lograr asirse. No estaba segura de poder conseguirlo. La corriente siguió arrastrándola y cuando estuvo justo debajo se impulsó, sumergiéndose un poco y luego saliendo del agua. Sus dedos rozaron el tronco, pero comenzaron a escurrirse, mientras la corteza le cortaba los dedos. Hincó las uñas en el tronco y se quedó suspendida, con medio cuerpo fuera, intentó subir el cuerpo, pero no tenía fuerzas. Sus músculos se tensaron y logró hacer un último esfuerzo. Levantó el cuerpo y se apoyó en el tronco. Recuperó fuerzas por unos instantes. Miró al agua para buscar a la mujer. No sabía si ya había pasado corriente abajo o aún seguía al otro lado.

Entonces vio algo resplandeciendo en el agua, debía ser un reloj o algo parecido. Bajó las manos y sus dedos tocaron algo.

—¡Agárrese a mis manos! —gritó, notó algo viscoso y húmedo. Tiró con fuerza y logró sacar a la mujer, pero no tenía fuerzas para subirla al tronco.

Se quedaron colgando, la agente aferrada con las piernas alrededor del tronco, la mujer sujeta a sus brazos, sintiendo como poco a poco se escurrían. Sharon no sabía cuánto tiempo más podría aguantar. No quería soltarla, pero no tenía fuerzas para sacarla del agua.

Mientras los brazos comenzaban a cansarse, vio los ojos brillantes de la mujer en medio de la oscuridad. En cierto sentido pensó que no estaba ayudando a esa desconocida, ni siquiera estaba segura de que le contase la verdad o fuera una loca peligrosa. En el fondo estaba intentando salvarse a sí misma y redimirse de la culpa que había cargado durante tanto tiempo a las espaldas.

17. TERROR

Una semana antes, en las proximidades de Fort Frances.

No lograron salir de la explanada. Escucharon un disparo y la rueda delantera comenzó a desinflarse. El casero frunció el ceño y salió furioso de la furgoneta. De entre los árboles aparecieron los dos hombres. No dejaban de apuntarle con sus rifles, aunque a él no parecía preocuparle.

—¡Maldita sea! ¿Se puede saber que tenéis en vuestras malditas cabezotas?

—Ya te advertimos. No queremos extraños por la zona. Tu negocio era la madera. ¿No? Pues vende los árboles, arrasa tus tierras, pero no traigas a más desconocidos. Esa gente nos vio en la isla. Aquí todos nos ayudamos y miramos para otro lado cuando alguien hace algo ilegal. Llevamos cientos de años viviendo de esta forma. Es nuestro estilo de vida —dijo el hombre más viejo.

—Será, vuestro estilo de vida. Yo me gano la vida honradamente. Mi familia nunca ha hecho nada ilegal —dijo el hombre pegando su cara a la del otro.

—¿De verdad? No me jodas. Tu abuelo introducía alcohol durante la Ley Seca y, antes que él, tu familia se especializó en introducir en el país tabaco y otras mercancías.

—Eso es agua pasada. Eran mercancías ilegales, pero lo que vosotros introducís mata a la gente. En esta área hay cada vez más droga y encima ahora tenéis el otro negocio…

—Eres un viejo estúpido. ¿Vas a hablar con el sheriff?

—Ya sabes que no, pero te pido que dejes a esta gente. No te ha hecho nada.

—Bueno, ya sabes lo aburrido que es esto. Mis hijos quieren divertirse un poco, despúes los soltaremos.

Samuel observaba la escena desde la furgoneta, justo al lado tenía la escopeta del casero. Cuando vio que el mayor comenzaba a zarandearle, tomó el rifle, bajó del vehículo y apuntó a los dos hombres.

—¡Déjenle en paz!

—Tú, maldito negro, no te metas. Son cosas de vecinos.

—Tranquilo… —comenzó a decir el casero, pero antes de que pudiera reaccionar, la escopeta se disparó y una bala pasó rozando la mejilla del hombre.

—¡Hijo de puta! —gritó levantando su arma y comenzando a dispararle. Samuel se ocultó detrás de la furgoneta. No sabía qué hacer, miró por encima del cristal y los tipos comenzaron a dispararle.

—¡Parar! —gritó el casero y corrió hacia la furgoneta, cuando se encontraba a poco más de dos metros sintió un disparo en la espalda, se giró sorprendido y, antes de que pudiera decir nada, otros dos disparos le atravesaron.

El casero se derrumbó en el suelo, Samuel sintió cómo el miedo comenzaba a paralizarle. Necesitaba pensar, escapar de allí y regresar a la cabaña, para ayudar a su familia.

"Tranquilo"—se dijo, mientras miraba a su alrededor. Los dos hombres se acercaban lentamente.

Tenía el bosque al otro lado. Unos ciento cincuenta metros le separaba de la espesura, debería correr en zigzag e intentar ocultarse. Aquellos tipos eran cazadores y tenían buena puntería.

Salió corriendo con el rifle en la mano, escuchó disparos a su espalda, estaba aterrorizado, pero sabía que no podía parar. Esos tipos habían matado al casero, él era un testigo y no le dejarían con vida. Ahora toda su familia se encontraba en peligro.

Estaba llegando a los primeros árboles cuando sintió un tiro en el hombro. El impacto le empujó hacia delante, se lanzó entre los helechos, se giró y les disparó antes de correr hacia el interior del bosque.

Corrió con todas sus fuerzas a pesar de que el dolor de la espalda era insoportable. Intentó no perder el equilibrio, ya que la colina estaba muy inclinada y no tardaría mucho en regresar a la cabaña. Sentía que la herida le sangraba copiosamente. No quería mirar atrás para asegurarse si le seguían.

Aquellos tipos sabían que le habían dado, también que regresaría a la cabaña para rescatar a su familia. No llevaba teléfono, la ciudad más cercana estaba muy lejos y ellos tenían las de ganar. Aquel era su maldito territorio y él un estúpido londinense que pasaba la mayor parte de su vida en el metro o el coche. ¿Qué posibilidades tenía de sobrevivir herido en mitad del bosque? Hasta ahora había tenido algo de suerte, pero la suerte no podría durarle para siempre.

Mientras corría montaña abajo, comenzó a llorar. Se sintió culpable por no haber cuidado de su familia, por no pasar más tiempo con sus hijos. Los mayores ya no tardarían mucho en comenzar sus propias vidas y él se había pasado la mayor parte del tiempo trabajando para escapar de la asfixiante atmósfera que en ocasiones creaba su esposa. Se dijo que si lograba sacar a todos con vida de esas malditas montañas todo iba a cambiar. Ya no sería el mismo. Muchas veces los seres humanos deciden regresar al sendero de la cordura cuando ya es demasiado tarde y la vida parece deshacerse entre las manos como una figura esculpida en la arena de una playa.

TERCERA PARTE

18. EN CAMINO

Victoria se aferraba a las manos de la agente. Tenía que sobrevivir, ahora que había logrado recordar, no podía fallarle a su familia. Aún su mente bloqueaba algunos de los sucesos de la semana anterior, pero cada vez le venían más recuerdos, a veces en forma de flashes, como imágenes intermitentes que desparecían al poco tiempo.

No veía el rostro de la agente, estaba demasiado oscuro, pero escuchaba su voz animándola a que intentara subir al tronco. Tenía medio cuerpo fuera, las piernas congeladas por la corriente, le dolía todo el cuerpo y estaba llena de magulladuras, aunque nada de eso le importaba. Tenía que regresar para salvar a los suyos. Haría cualquier cosa por ellos, su vida no tenía sentido sin su familia.

Logró que sus dedos se apretaran alrededor de las muñecas de la agente y dio un impulso hacia arriba. Logró colocar una pierna sobre el tronco y la policía la ayudó a subir el resto del cuerpo. Las dos mujeres se quedaron un rato tendidas sobre la madera húmeda. Después se sentaron y miraron a ambos lados.

—Tendremos que hacer equilibrios hasta aquella orilla.

—¿Sabe dónde nos encontramos?

—No estoy segura, posiblemente a un par de kilómetros del lago. Es difícil calcular la distancia. Imagino que la ciudad más cercana es Ericsbug. Iremos hasta allí para pedir ayuda —dijo la agente mientras intentaba ponerse en pie.

—¿Eso no está en dirección contraria a Canadá? Mi familia está en peligro. Esos hombres la tienen retenida y cada minuto que pasa las probabilidades de que continúen con vida son menores.

—¿Y qué podríamos hacer nosotras dos solas?

—Ya le he comentado que el sheriff me intentó matar. No me fío del resto de policías —dijo la mujer enfadada.

—Lo entiendo, pero esa es otra localidad en la que no tengo jurisdicción. Podremos ponernos en contacto con el FBI y no creo que también el sheriff de allí tenga algo que ver con el caso —le explicó la agente para intentar calmarla, pero Victoria parecía poco convencida. Sabía que no podía ella sola adentrarse en el bosque, no conseguiría encontrar la cabaña y se perdería. Pensó que ya se le ocurriría algo más adelante.

Caminaron hasta que el sol comenzó a iluminar de nuevo las copas de los árboles y cuando llegaron hasta casi las inmediaciones del pueblo, la mujer comenzó a quejarse del tobillo. Sharon se dio la vuelta. Estaba agotada, cubierta de cortes y cardenales, lo único que quería era llegar a la comisaría, tomar algo caliente y darse una ducha.

—No veo nada —dijo la agente poniéndose de rodillas delante de la mujer. Esta aprovechó la posición para darle con una piedra en la cabeza.

Sharon la miró sorprendida, después notó la sangre corriendo por su frente hasta la mejilla y perdió el conocimiento. La mujer se apresuró a tomar su ropa. Aquel uniforme la ayudaría a llegar a la cabaña y liberar a su familia.

Se vistió a toda velocidad y dejó a la policía tumbada sobre la hierba. Caminó hasta la carretera principal y paró con la pistola en la mano al primer coche que pasó por ella. Era una mujer embarazada.

—¿Qué sucede agente?

—Necesito el coche para una emergencia.

—Usted no es de la policía de la ciudad —comentó la mujer observando el uniforme.

—No, soy de Internacional Falls, pero necesito el coche de inmediato.

—La llevaré donde haga falta —dijo la mujer abriendo los seguros,

—No me ha entendido. Necesito el coche. Es una misión peligrosa.

—Pero, no puedo…

Victoria apuntó a la cabeza de la mujer y le ordenó que bajase de inmediato. Cuando se dio cuenta de su estado le remordió un poco la conciencia, pero el pueblo estaba a menos de dos kilómetros y podría regresar caminando sin problema. Se montó y salió a toda velocidad en dirección a Canadá. Tendría que evitar la carretera principal para no pasar por el control. Aunque casi nadie los observaba normalmente, no quería arriesgarse a que la detuviesen.

El coche circuló durante unos cuarenta minutos por la carretera principal. Después tomó uno de los caminos de montaña y cruzó la frontera. Estaba a unos veinte kilómetros de la zona de la cabaña cuando se dio cuenta de que se estaba terminando el combustible.

—¡Mierda! —gritó golpeando el volante. A veces creía que esta maldita pesadilla no iba a terminar jamás.

Descendió del coche y comenzó a caminar. Era poco más de las diez de la mañana. Antes de dos o tres horas llegaría a la cabaña. Debería tener un plan para liberarlos. Al menos llevaba el arma de la policía y la determinación de no parar hasta acabar con todos esos sádicos.

19. ENCERRADA

Sharon se despertó con un fuerte dolor de cabeza. Tenía mucho frío; al levantar la cabeza se dio cuenta de que se encontraba en ropa interior. Se vistió con la ropa de la mujer y comenzó a descender hacia el pueblo. Tardó media hora en llegar a la comisaría. Se sentía débil, confundida y muy enfadada. Había salvado la vida a la paciente más de dos veces aquella noche. Lo había arriesgado todo por ella y la manera en que se lo pagaba era golpeándola en la cabeza y llevándose su uniforme. Para colmo no sabía a dónde se dirigía. La cabaña estaba en algún lugar cercano a un lago al otro lado de la frontera, pero eso podía ser casi cualquier sitio.

Entró en la comisaria con la mano taponando la herida y todas las miradas se dirigieron hacia ella. Se acercó al mostrador y habló a Susan, la mujer que solía estar en el mostrador de información.

—¿Qué le ha sucedido?

Todos la conocían allí. No era la primera vez que investigaban casos de manera coordinada.

—Nada grave. Tengo que hablar con el sheriff.

—Sí, ahora mismo te recibe. Siéntate. ¿Quieres un café?

—Me sentaría de maravilla —comentó mientras se dirigía a las sillas de plástico azul. Una mujer que iba a poner la denuncia del robo de un coche se la quedó mirando.

—¿Se encuentra bien?

—No señora —respondió molesta.

—Le han robado. Últimamente se ve muy mala gente por la zona.

—No, es una agresión —contestó para que la dejara en paz. Lo último que le apetecía era hablar sobre el tema.

—A mí una supuesta agente me ha robado el coche a punta de pistola.

—¿Cómo era la mujer? —preguntó sorprendida.

La mujer se la describió brevemente. No había duda de que se trataba de la paciente. Se puso en pie para ir de nuevo al mostrador, cuando el sheriff salió de su despacho y la llamó.

Era algo más joven que su jefe, pero mucho más gordo y calvo, por eso aparentaba más edad. Le pidió que se sentara y, para su sorpresa, sabía exactamente lo que hacía allí.

—¿Sabes que hay una orden de busca y captura contra ti?

—¿Contra mí? ¿Por qué?

—Has dejado que se escape una peligrosa criminal, según me ha informado tu jefe.

La agente le miró sorprendida.

—¿Una peligrosa criminal? La mujer que escapó es una turista que encontramos herida y con síntomas de amnesia. Que yo sepa no ha cometido ningún delito.

—Entonces, asesinar al doctor Sullivan no es un delito para ti.

—¿Cómo sabe que ha sido ella? —preguntó la mujer, que comenzaba a ponerse nerviosa. Cada minuto que perdían era precioso, era absurdo que aquel hombre se pusiera en contra suya.

—El sheriff fue testigo. Lo sabes perfectamente. Me comentó que te llamó por teléfono, pero no le creíste, Después fueron a la cabaña de tu familia y os fuisteis al bosque. Ahora apareces aquí sin ella.

—Se me ha escapado, estábamos llegando al pueblo cuando me golpeó.

—¿Aún piensas que es inocente? Mató al doctor y ha agredido a una agente. ¿Qué más pruebas necesitas? —le preguntó el sheriff furioso.

—Bueno, ella me dijo que mi jefe mató al doctor.

El hombre la miró sorprendido.

—Bueno, tengo que retenerte hasta que vengan tus compañeros. Estás acusada de complicidad en un asesinato.

—Pero ¿es una broma? No puede detenerme sin más. Estoy en medio de una investigación importante y esa mujer está desaparecida.

El hombre se puso en pie y llamó a la secretaria. Entró con dos agentes que la llevaron a rastras hasta una de las salas y la encerraron con llave. Por ahora no querían meterla en una celda. Sharon se sentó indignada, no podía creer lo que le estaba sucediendo, cada vez se sentía más confusa.

Alguien abrió la puerta y le acercó un café con un par de donuts.

—Lo lamento, querida. Al menos esto te reconfortará un poco y te dará más fuerzas.

—Gracias Susan.

—He oído al sheriff, me parece absurdo que te acusen de complicidad. Una chica como tú, que eres de por aquí de toda la vida. La gente en este lugar apartado del mundo se conoce. Sabemos perfectamente quién es un criminal y quién es una persona decente.

Sharon la observó mientras devoraba los donuts y se tomaba el café. Estaba hambrienta.

—Yo sé más cosas de lo que ellos creen. ¿Por qué piensas que me tienen atendiendo las llamadas? Únicamente patrullan los que están compinchados.

—No entiendo lo que quieres decir —le comentó sorprendida la agente.

—Las comisarías de casi todo el condado están relacionadas con el narcotráfico. Esto parece una zona tranquila, pero por la frontera se pasa todo tipo de sustancias ilegales. Lo peor de todo es que corren rumores de que últimamente también hay trata de blancas. Ya sabes, pobres chicas extranjeras que son vendidas para los prostíbulos. Dicen que algunas son hasta menores de edad.

—¿Estás segura?

—No me digas que no habías notado nada extraño —dijo Susan.

—Siempre corren rumores, pero mi jefe es un hombre honrado —dijo la agente sin poder creerse la conspiración de la que le hablaba la mujer.

—Entonces, ¿por qué te fuiste con la asesina? ¿Qué te contó?

—¿Estas intentando sonsacarme? ¿Te ha enviado el sheriff? Me parece un intento patético.

La mujer se vio descubierta, se ruborizó y salió de la habitación; después se escuchó la cerradura y Sharon se dejó caer en el respaldo de la silla. Tenía que aclarar todo aquello, pero para poder hacerlo debía encontrar a la mujer. Si al menos tuviera un teléfono podía intentar ponerse en contacto con el FBI. Notó que los ojos comenzaban a cerrársele. Estaba tan agotada que, pasados unos minutos, se quedó completamente dormida.

20. EL CUCHILLO

Una semana antes, en las proximidades de Fort Frances.

Victoria alargó el brazo, casi podía tocar con la punta de los dedos el mango del cuchillo, mientras el hombre jadeaba encima suya. Tenía ganas de vomitar y la cabeza le daba vueltas, pero intentaba no perder la calma. Debía tener la cabeza fría y actuar con serenidad.

—Dios mío, eres muy buena —dijo el hombre levantando la cabeza. Ella apartó la mano del cuchillo y le acarició el pelo.

—Sigue, por favor, no pares —le dijo para poder hacerse con el arma.

La mujer volvió a estirar el brazo y logró alcanzar el cuchillo, lo aferró fuertemente entre los dedos y lo clavó en la espalda del hombre. Este reaccionó dando un respingo. Después con una mano agarró la de la mujer y con la otra comenzó a estrangularla. Victoria intentó con todas sus fuerzas volver a apuñalarle, pero no lograba acercar el cuchillo. Además, le comenzaba a faltar el aire, en unos segundos perdería el conocimiento y poco después moriría, tenía que hacer algo.

Le propinó un fuerte rodillazo en la entrepierna y el hombre gimió, le soltó el cuello y aflojó su mano. Ella aprovechó para hincarle de nuevo el cuchillo en la espalda y él se tiró al suelo.

Victoria se puso en pie. Por unos segundos se miraron vacilantes, pero al final el hombre corrió a por su fusil. Tenía que impedir que lo cogiera o estaba muerta. Le cortó el paso y blandió el cuchillo, le hirió en la mejilla y después en uno de los brazos.

—¡Hija de puta! ¡Me las vas a pagar!

—¡Deja que nos vayamos! No hablaremos a nadie de esto.

—Perdiste tu oportunidad. Ahora tu familia y tú pasaréis por un verdadero infierno.

El hombre hizo un quiebro y logró pasarla, tomó el fusil, pero antes de que lograra apuntarla, la mujer le clavó el cuchillo en un ojo. Se quedó quieto, no pudo ni dar un grito. Se derrumbó en el suelo y ella se quedó de pie, aterrada sin saber qué hacer.

Tenía dos opciones: intentar liberar a sus hijos o ir a pedir ayuda. Enseguida se dio cuenta de que no podía marcharse y dejar a aquel animal de arriba con sus indefensos hijos, sobre todo cuando viera a su hermano muerto. Decidió esconder el cuerpo en el baño. Cuanto más tardaran en descubrirlo, mejor les iría a los suyos. Después tomó el rifle, comprobó que esta vez el seguro estaba quitado y comenzó a subir las escaleras muy despacio.

En la planta superior se escuchaban voces. Se quedó quieta y escuchó lo que sucedía.

—Mi hermano se lo está pasando en grande con tu mamá, pero no te preocupes, tú y yo vamos a jugar a un jueguecito.

—No, por favor. No me haga daño —se escuchó suplicar a la hija mayor de Victoria.

—No te haré daño, te lo aseguro.

Victoria sintió una profunda rabia. Comenzó a subir despacio, intentó averiguar en qué habitación estaba el hombre. Abrió la primera, pero lo que vio fue a su hijo Steve tumbado en la cama atado de pies y manos. Lo desató rápidamente y le pidió que guardara silencio.

—Ve a por tu hermana pequeña y escapáis.

—Pero ¿qué os pasará a vosotras dos?

—Id hasta el embarcadero, preparad las canoas, si escucháis disparos o veis que no llegamos, marchaos y buscad ayuda.

—No puedo hacer eso mamá. Me quedaré para ayudarte.

—Si quieres ayudarme, márchate. No tendré que preocuparme de la pequeña y nos será más fácil llegar corriendo hasta vosotros.

El chico puso un gesto de fastidio, pero afirmó con la cabeza. Entraron en la siguiente habitación y vieron a la pequeña totalmente aterrorizada, llorando de miedo.

—Dios mío. Cariño, tranquila, te vamos a sacar de aquí —le dijo mientras la desataba. Después la apretó por unos instantes entre sus brazos.

—¡Mamá! —gritó.

—Tranquila. Necesito que vayas con Steve, no hagas ruido. En un momento iré con vosotros.

—No quiero que me dejes —le pidió la niña.

—Cariño, es mejor que obedezcas. En un momento toda esta pesadilla habrá terminado.

La niña se calmó un poco y su hermano la cogió de la mano. Victoria les sonrió por unos segundos y después le entregó el cuchillo al chico.

—No dudes en usarlo si es necesario. ¿Lo has entendido?

—Sí, mamá.

Salieron de la habitación y ella los acompañó hasta las escaleras, vio cómo salían de la casa y después se dio la vuelta, empuñó su arma y se dirigió a la única puerta que se encontraba cerrada.

Intentó no hacer mucho ruido, pero aquel tipo estaba demasiado ocupado bajándose los pantalones e intentando asustar a su hija. Abrió con cuidado el pomo de la puerta y los vio. El hombre grande y moreno estaba sobre su hija. Le había quitado el pantalón corto y tenía la blusa a medio abrir. Intentaba moverse, pero tenía las manos atadas, pataleaba y gemía ahogadamente bajo la mordaza que le tapaba la boca.

—No te preocupes pequeña, en un rato me lo agradecerás.

Victoria apuntó a la espalda del hombre. Aquel cerdo merecía morir lentamente, pero era mejor deshacerse de él cuanto antes. Temía darle a la chica, por lo que le gritó:

—¡Cerdo, deja en paz a mi hija!

El hombre no se volvió, simplemente dijo en voz alta:

—Creo que tu madre ha subido para unirse a la fiesta.

—¡Levántate! —le gritó la mujer.

El hombre se incorporó un poco. Estaba desnudo de cintura para abajo.

—No te preocupes, tengo para las dos —dijo aproximándose a ella. No parecía asustado.

La mujer le disparó, pero el tipo no pareció inmutarse, se lanzó sobre ella y logró quitarle el arma. Después la empujó a la cama. Se miró la herida del hombro y se rio a carcajadas.

La chica se tiró de la cama rodando, el hombre se lanzó sobre la madre y comenzó a desnudarla.

—¡Suéltame! —le gritaba golpeándole con los puños cerrados, pero aquel gigante no parecía inmutarse.

La chica se quitó en parte la mordaza y con los dientes comenzó a quitarse la cuerda que le aprisionaba las manos.

—No esperaba este regalo. Hoy no es mi cumpleaños —dijo el gigantón babeando sobre la madre. Cuanto más se resistía más le gustaba a él.

La chica logró desatarse los pies, pero el hombre estaba tan concentrado que no se percató de que la chica buscó entre los pantalones el cuchillo de cazador y saltó sobre él. Al principio el tipo se echó a reír pero, cuando sintió el primer cuchillo en la espalda, dio un grito de dolor e intentó quitársela de encima. La chica logró clavarlo dos veces más y el tipo rodó fuera de la cama y se cayó sobre ella. La chica se quedó aplastada, pero Victoria tomó el rifle y le disparó. El hombre perdió el conocimiento y ella lo retiró de encima de su hija y la ayudó a levantarse. Las dos se abrazaron entre lágrimas durante unos segundos.

—Vístete —tenemos que irnos cuanto antes.

Las dos bajaron a toda prisa, al pasar por delante del pequeño mueble de la entrada vio las llaves del coche. Las cogió y salió al porche. Respiró hondo y comenzó a llamar a sus hijos. Intentarían llegar al pueblo en su vehículo, esperaba que Samuel se encontrara bien.

Estaban intentando arrancar el coche cuando vieron que se aproximaba una furgoneta. Les cortó el paso y por unos segundos se quedó paralizada. Hasta ahora habían tenido suerte, pero no podía enfrentarse a los otros dos tipos, no tenían armas y sabía que a ellos no podría pillarlos descuidados.

—¡Corre! —le dijo Victoria a su hija.

La chica titubeó unos segundos, pero abrió la puerta y corrió con todas sus fuerzas hacia el embarcadero. No quería abandonar a su madre, pero estaba tan aterrorizada, que en lo único que pensaba era en escapar de allí cuanto antes.

21. LUCHA

Una semana antes, en las proximidades de Fort Frances.

Samuel llegó exhausto a las inmediaciones de la cabaña. La herida de la espalda le sangraba y se encontraba muy débil. Intentó recuperar fuerzas y jadeante se apoyó en un gran tronco desde el que se divisaba parte del lago y la cabaña. Justo vio cómo llegaba la furgoneta de aquellos tipos y se interponía en el camino de su coche. Su hija Isabelle comenzó a correr hacia un lado.

—¡Dios mío! —gritó el hombre. Estaba a punto de salir corriendo cuando se lo pensó mejor: tenía que ayudar a su hija y ya pensaría más tarde cómo liberar a su mujer. Corrió hacia el embarcadero, las fuerzas apenas le permitían caminar con paso acelerado, pero logró alcanzar el sendero hasta el embarcadero. Su hija corría desesperada y no se dio cuenta de su presencia.

—¡Isabelle! —le gritó desde un lateral.

La chica miró a un lado y sin darse cuenta tropezó con la raíz de un árbol y se desplomó en medio del sendero.

Samuel corrió hacia ella, pero uno de los perseguidores comenzó a disparar, se agazapó detrás de un abeto y respondió al fuego. La chica se quedó en el suelo sin saber cómo reaccionar. Las balas pasaban por encima de su cabeza y aquel hombre cada vez se acercaba más.

La chica comenzó a arrastrarse por el suelo para intentar llegar al embarcadero. Sus hermanos la esperaban subidos a la canoa y con el chaleco puesto. Entonces Steve salió del agua.

—No te muevas de aquí. ¿Entendido?

—Sí —dijo la niña mientras se aferraba al remo entre las manos.

El chico corrió hacia la hermana, pero cuando vio el tiroteo se tiró al suelo. No estaba muy lejos de ella, apenas a unos metros.

—Intenta reptar hasta aquí —le dijo con la mano extendida.

La chica comenzó a moverse de nuevo, lloraba sin parar y la imagen de su hermano se nublaba, entre el polvo y las lágrimas.

Samuel salió de detrás del árbol para ayudar a su hija a escapar, pero el hombre logró llegar hasta ella. Le puso su bota derecha encima y le apuntó en la cabeza.

—¡Suelta el rifle o la mato! —le dijo al padre.

Dudó por unos instantes, pero al final soltó el arma.

—Muy bien, ahora acercaos los dos lentamente.

El chico dudó, aún estaba muy cerca del embarcadero, pero tenía miedo de que pudieran hacer algo a su hermana. Al final se puso en pie, levantó las manos y caminó despacio hasta los dos. Samuel tiró el fusil e hizo lo mismo.

Apenas estaban a unos dos o tres metros, cuando el tipo levantó el rifle y disparó a Samuel, que se derrumbó al instante.

—¡Papá! —gritaron a coro los dos hermanos. La chica no podía moverse, pero el chico corrió hasta su padre y le puso sobre sus rodillas. El hombre le miró y haciendo un último esfuerzo le dijo:

—Lo siento, ahora tú tienes que encargarte de proteger a todos.

—No, papá. Te pondrás bien —le contestó entre lágrimas, pero antes de que pudiera seguir hablando, el hombre cerró los ojos y dio un leve gemido. Estaba muerto.

—¡Maldito hijo de puta! Lo has matado —gritó el chico con su padre aún entre los brazos.

—Él se lo ha buscado. Ahora déjale y ven hacia aquí, pero hazlo muy despacio.

El chico dudó unos momentos, pero al final se puso en pie.

El hombre levantó a la chica por los pelos y le colocó el rifle en la cabeza.

—Dile a la niña que salga de la barca —dijo amenazante.

El chico miró a su hermana pequeña y, en lugar de pedirle que dejara la barca le gritó:

—¡Escapa, Charlotte!

La niña se quedó paralizada. Le daba miedo el agua, pero también aquel tipo armado y peligroso. Al final comenzó a remar y a alejarse poco a poco de la orilla. El hombre golpeó furioso a la chica con la culata hasta que cayó al suelo inconsciente.

—Llévala a cuestas —le ordenó el contrabandista.

Steve se acercó, la subió con dificultad a su hombro derecho y comenzó a caminar hacia la casa.

Cuando llegaron a la entrada, Victoria se encontraba atada en el suelo. El otro tipo la levantó y entraron todos en la cabaña. La mujer sabía que su hija había logrado escapar, pero también que su marido estaba muerto. Sus sentimientos se entremezclaban de tal manera que la rabia, el odio y la esperanza parecían soplar dentro de su alma atribulada. Decidió seguir viviendo. Lo primero para salvar a sus hijos, pero también para vengarse. Nunca había pensado que la venganza fuera la mejor opción para afrontar la vida, pero cuando alguien de una forma tan cruel te ha robado la felicidad, el odio parecía la mejor respuesta para devolver el equilibrio al mundo.

22. LA VERDAD

Sharon comenzó a caminar nerviosa por la habitación. Gracias a la comida y a un breve sueño había logrado recuperar fuerzas, pero ahora comenzaba a sentirse impaciente. Miró por la ventana, estaba cerrada y a una altura de varios metros. Después intentó forzar la puerta, pero no obtuvo ningún resultado. Comenzaba a desesperarse cuando el sheriff de Ericsburg entró con su jefe.

—Aquí la tienes. Espero que se aclare toda esta situación, este tipo de casos ensucia el buen nombre de la policía del condado.

—No te preocupes, ya me la llevo. Dame un par de minutos.

El jefe cerró la puerta y le pidió que se sentase.

—Pareces muy nerviosa. No te preocupes, todo se aclarará.

—¿El qué se aclarará? Me ha tratado como una delincuente.

—Tú también al dudar de mí.

—Esa mujer estaba aterrorizada, no fue buena idea perseguirla como si se tratase de una asesina.

—Ya te comenté que mató al doctor.

—¿Por qué iba a hacer algo así? Lo único que quiere es encontrar a su familia —dijo Sharon apoyando sus brazos sobre la mesa.

—Por eso te golpeó y te robó la ropa. Los informes que hemos obtenido de Londres nos han abierto los ojos. Es una persona agresiva: intentó quemar a sus propios hijos

126

mientras dormían. Agredió a su marido varias veces y le acusó de abusar de su hija, aunque después retiró la denuncia.

—No dudo de que esté loca o sea poco estable, pero lo que me ha contado es muy coherente —le contestó confusa. Lo cierto es que todos esos argumentos la hacían dudar.

—La policía de Canadá nos ha confirmado que llegó con su familia, pero no denunció la presunta desaparición de la familia. Aún no han encontrado la supuesta cabaña que alquilaron —dijo el sheriff algo más calmado.

—¿Por qué? No creo que sea tan complicado.

—Simplemente no hay registros; pasaron una noche en el hostal del pueblo y es cierto que después pasaron a Estados Unidos y compraron. El altercado que nos contó no quedó grabado. Creemos que hizo algo a su familia y después creó esa fantasía paranoica.

—Eso es una locura, jefe.

—Por desgracia es más habitual de lo que parece. La gente comete un crimen horrendo, después no puede soportarlo y crea una realidad paralela. Mira el informe del doctor Sullivan —dijo arrojándolo sobre la mesa.

Sharon abrió la carpeta y comenzó a leer. El doctor hablaba del trastorno de la amnesia y que podía haberse producido por un acto violento. Que la paciente era muy agresiva y dudaba de la historia que le contaba.

—¡Mierda! No sé qué pensar.

—Prefieres creer a una loca peligrosa que a tus compañeros. ¿Cuánto tiempo llevamos trabajando juntos? ¿Alguna vez he hecho algo ilegal? Me quedan unos meses para jubilarme, no iba a tirar todo por la borda por algo más de pasta. No la necesito.

Sharon cerró el informe y se dirigió a la ventana.

—Está bien, lo siento, creo que he metido la pata hasta el fondo.

—Esa es la única verdad que has dicho en los últimos dos días. Ahora regresemos a casa, buscaremos a esa loca y la pondremos a buen recaudo. Te doy el resto de la semana libre, necesitas descansar y recuperar fuerzas, tienes muy mal aspecto.

La agente dio un gran suspiro, tenía ganas de llorar, pero se mordió el labio inferior y aguantó la presión. Todo el mundo podía equivocarse. Su exceso de celo la había traicionado, tal vez porque en aquella mujer y su desesperación había visto representada la vida de su hermana desaparecida.

Salieron del despacho y se dirigieron al coche del jefe. Ella con la cabeza gacha, no quería hablar con nadie. Él saludó a todos efusivamente e hizo sus típicas bromitas.

Subieron en el coche y el hombre arrancó, salió a la calle principal y tomó la carretera principal. Puso algo de música y, mientras su agente miraba el paisaje con los ojos perdidos, él comenzó a silbar y canturrear una canción.

Sharon intentaba aclarar sus ideas, pero se sentía muy confusa. Al final miró a su jefe para disculparse de nuevo, y entonces observó que del bolsillo del pantalón le colgaba una especie de pulsera que decía claramente: "Isabelle es mi regalo de su hermana Charlotte". Parecía hecha a mano y la mujer sintió cómo un escalofrío le recorría de nuevo la espalda. ¿Era cierto todo lo que había contado su jefe? ¿Por qué tenía algo que pertenecía a la hija de la paciente si supuestamente aún no había aparecido?

El coche continuó el camino hasta llegar a las inmediaciones de la ciudad.

—Creo que tengo un problema, la rueda delantera se ha pinchado —dijo su jefe.

—No he notado nada —contestó la agente.

—¿Puedes bajar un momento y echar un vistazo? —le pidió amablemente.

La mujer bajó y miró la rueda, pero parecía encontrarse en perfecto estado. Cuando levantó la vista el hombre había salido del vehículo.

—No estoy seguro de haber sido lo suficientemente convincente.

—¿Por qué lleva esa pulsera? —le preguntó señalando el bolsillo.

—Bueno, ella la perdió en la clínica. Por alguna razón la llevaba encima.

—Nadie la registró como prueba. ¿No le parece extraño?

—No somos el FBI, se les pasaría por alto. Mira, Sharon, no quiero problemas. Vamos al coche y te dejo en tu casa.

La mujer dudó de nuevo; las primeras casas estaban muy cerca, si corría lo suficientemente rápido podría guarecerse y escapar.

—¿No va a presentar cargos contra mí?

—Me lo tendré que pensar, pero esa no es ahora mi prioridad.

La mujer entró de nuevo en el coche y permaneció en silencio el resto del trayecto. En la puerta de su casa había un coche patrulla.

—¿Por qué están aquí?

—Es por tu seguridad, no queremos que te pasa nada malo.

—¿Es una detención domiciliaria?

El hombre puso los ojos en blanco.

—No, Sharon. Simplemente nos aseguramos de que estés protegida, por si esa loca vuelve por aquí.

La agente salió del coche y entró en su casa, después miró por uno de los ventanales y vio cómo el sheriff daba órdenes a los policías y se marchaba calle arriba. Estaba encerrada en su propia casa, pero al menos podía acceder a internet y al teléfono. Se dirigió al ordenador y escribió un correo a su contacto en el FBI. Si le sucedía algo al menos tendrían constancia de lo que sospechaba. Después se dio una ducha, comió algo y se vistió de negro. En cuanto oscureciera intentaría escapar y pedir prestado el coche a sus padres.

Recibió un correo del FBI; era uno de sus contactos. Le decía que sus sospechas podían ser infundadas, que necesitaban más pruebas para investigar, que ella era sospechosa de complicidad en un crimen y que lo mejor que podía hacer era quedarse en su casa. Sharon cerró el ordenador, buscó el arma que escondía en la casa y subió a la planta de arriba, desde allí podía saltar al jardín de la casa de al lado. Su carrera estaba en juego, pero eso no le preocupaba mucho, lo que realmente le atormentaba era lo que le podía estar sucediendo en aquel momento a la familia de la paciente. Sabía dónde se encontraba la cabaña, debía llegar allí antes que aquellos asesinos.

Abrió la ventana y salió al tejadillo sobre el garaje, dio un salto y se dejó caer sobre el césped fresco del vecino. Ahora ya no había marcha atrás.

23. VIDA O MUERTE

Victoria continuó caminando hasta la cabaña. Cuando llegó estaba oscureciendo. Estaba agotada, pero impaciente por encontrarse con su familia. Bajó con cautela hasta la casa. Delante no había aparcado ningún vehículo. Le extrañó, pero siguió adelante. Se dirigió a la parte trasera, abrió la puerta y entró. No había nadie en la cocina y todo parecía encontrarse en orden. Después fue hasta el salón, alguien había borrado cualquier vestigio de enfrentamiento. Cada cosa estaba colocada en su lugar y nadie hubiera pensado que se hubieran cometido aquellos atroces crímenes en aquel lugar.

La mujer subió a la segunda planta, comprobó habitación por habitación, pero con el mismo resultado. Bajó de nuevo al salón, se sentó y encogió las piernas asustada. ¿Qué había sucedido? No había logrado recordar más hasta el intento de fuga y la muerte de Samuel, pero estaba comenzando a dudar de sí misma. No era la primera vez que su mente cambiaba la realidad y, aunque pudiera parecer algo terrible e inimaginable para cualquier mente normal, para ella era una triste realidad. Además, llevaba más de una semana sin tomar la medicación. Apoyó su cara contra las rodillas y trató de recodar lo que había sucedido después de la muerte de su marido, pero fue inútil.

Pensó en entregarse a las autoridades, era mejor terminar con todo aquello. Ya no había esperanza, se dijo, aunque en su fuero interno creía que sus hijos se encontraban en alguna parte de aquellos inmensos bosques.

Se encontraba tan agotada que se quedó dormida, cuando despertó no sabía si continuaba dentro de su sueño o había logrado despertar.

Escuchó un ruido fuera y se escondió en el aseo. Se metió dentro del plato de ducha y cerró las cortinas. Entonces vio unos restos de sangre casi imperceptibles cerca del grifo antes de apagar la luz. Allí fue donde había metido a uno de los hermanos. Lo recordaba perfectamente.

Escuchó cómo un coche se paraba en la parte delantera, después unos pasos por la tierra y más tarde en el porche de madera. Sintió un escalofrío y apuntó con el arma a la puerta del baño. Los pasos entraron en el salón, después subieron por las escaleras y por último se detuvieron delante de la puerta del baño.

Victoria sintió cómo el corazón se le iba a salir del pecho, pero intentó recuperar la calma. La puerta comenzó a abrirse muy lentamente y ella comenzó a acariciar el gatillo. Alguien encendió la luz y estaba a punto de mover la cortina cuando dijo:

—¿Hay alguien ahí? Soy Marcel Fave, inspector de la Policía Montada del Canadá.

Ella se quedó titubeante. Después bajó el arma y la guardó.

—No dispare. Soy Victoria Landers, estoy buscando a mi familia.

El hombre movió la cortina y observó por unos instantes a la mujer. Le extrañó que llevara uniforme de la policía, incluso tenía el arma reglamentaria.

—Señora Landers. ¿Cómo ha llegado hasta aquí?

—Bueno, es una larga historia. ¿Dónde está mi familia? Me persiguen, he logrado escapar, Unos tipos retuvieron a mis hijos y asesinaron a mi marido.

—Salga de la ducha, por favor. Hablemos tranquilamente en el salón —dijo el oficial de la policía canadiense.

Salieron hacia el salón y ella se sentó en el sofá. Aún recordaba cómo la habían violado justo en ese mismo sitio.

—¿Qué ha pasado? Alguien ha arreglado todo esto.

—¿Por qué tendría que estar desordenado? —le preguntó el policía.

—Ya le he comentado que nos asaltaron, nos hicieron daño y mataron a mi esposo —dijo la mujer confusa.

—Me temo que es mucho más complicado que todo eso. La policía de Estados Unidos nos informó que tenía amnesia. ¿Es cierto? —preguntó el policía.

—Sí —contestó lacónicamente la mujer.

—En ocasiones las personas que sufren este trastorno reconstruyen sus recuerdos de forma alternativa. Creo que ha mezclado sus recuerdos con lo que sucedió en esta cabaña hace unos años. Es cierto que una familia fue torturada aquí, pero ya le digo que sucedió hace cinco años.

—¿Cinco años?

—Sí, unos tipos contrabandistas mataron a un hombre de la zona y acosaron a una familia que había visto cómo transportaban fardos. Era una familia de Londres.

—Era mi familia —dijo la mujer.

—Encontramos a casi todos los miembros, menos a la madre. Victoria Landers. Justo el nombre con el que se ha identificado hace un rato.

—Es mi nombre.

El hombre sacó el teléfono y le mostró una foto de la familia. Estaban todos los miembros: su marido y tres hijos, después le mostró otra con una mujer.

—Esta es Victoria Landers, lleva desaparecida desde hace varios años.

—No puede ser —comentó confusa.

—Sí, señora. La denuncia la gestioné yo mismo. La familia regresó a Londres, pero ahora, tanto tiempo depués, aparece una mujer que dice ser la mujer desaparecida y que su familia murió, aunque no es cierto.

—Me estoy volviendo loca.

—No, usted alquiló esta cabaña hace una semana con su hija Melissa.

—¿Mi hija Melissa?

—Sí, al poco tiempo denunció la desaparición de su hija. Estuvimos varios días rastreando la zona. En uno de esos rastreos usted también desapareció. Al parecer la encontraron confusa al otro lado de la frontera. Su nombre es Mary Berry, natural de Edimburgo, Escocia.

La mujer le miró sorprendida, todo aquello le parecía descabellado, pero ya no estaba segura de nada.

—Su hija continúa desaparecida y tememos lo peor: seguramente se ahogó en el lago.

—¿En el lago?

—Antes de desaparecer nos contó que fueron de excursión en canoa. Al parecer se despistó un momento, la canoa desapareció y ya nunca más vio a la niña.

—¿Por qué iba a inventarme esa historia?

—No se la inventó, es la historia de otra familia que sucedió en este mismo lugar.

No sabía qué creer.

—Será mejor que venga conmigo. La dejaré en el hostal de la ciudad y allí podrá contactar con sus seres queridos, Muchos de ellos están preocupados.

La mujer se puso en pie.

—Primero tiene que darme su arma —comentó el hombre.

La mujer se la entregó después de tomarla con dos dedos por la empuñadura.

—¿Qué sucede con la muerte del doctor Sullivan? —preguntó algo preocupada.

—Bueno, ya hablaremos de eso en la ciudad. No quiero que se nos haga de noche.

—Usted piensa que maté a ese hombre.

—Ya le he dicho que… De eso ya hablaremos.

Salieron de la cabaña, pero antes de que llegaran al coche del policía, Sharon se plantó en la puerta. No llevaba el uniforme, por lo que el policía canadiense la miró extrañado.

—¿Quién es usted?

—Ayudante del sheriff de Internacional Falls. Esta mujer se encuentra bajo mi custodia.

—Sharon —dijo la mujer confusa, como si comenzara a despertarse de un extraño sueño.

—¿Dónde te lleva? —le preguntó.

—Me lleva a Fort France.

—No, se vendrá conmigo —dijo Sharon al hombre.

El policía aún llevaba el arma de la mujer en la mano.

—Creo que es un error, será mejor…

—No es ningún error.

El policía frunció el ceño y apretó la empuñadura.

—Esta mujer se ha vuelto loca, su hija desapareció hace una semana y cree que ha sido víctima de un ataque.

Sharon no podía creer lo que aquel hombre le decía. Pensó en el sheriff, en todo lo que le había contado. La confianza que pudiera tener en aquella desconocida podía ser la diferencia entre la vida y la muerte.

—¿Cómo ha dicho que se llama, agente?

—Mi nombre es Marcel Fave, miembro de la Policía Montada del Canadá.

—En Ontario no opera la Policía Montada del Canadá —dijo la agente.

El hombre levantó el arma y apuntó a Sharon.

—Bueno, pues desde ahora sí lo hace —dijo el hombre algo confuso.

Victoria le empujó y el hombre erró el tiro. Sharon sacó su arma y le disparó. El tipo intentó volver a dispararle, pero ella le alcanzó en la cabeza y se derrumbó en medio de la explanada.

—¡Cielos! —gritó la mujer.

—Tenemos que marcharnos —le dijo la agente.

—¿Dónde está mi familia? —preguntó la mujer desesperada.

—Deben habérsela llevado a algún lugar más apartado. Sabían que la policía podía vigilar la zona.

—¿Quién era ese tipo?

—Me temo que hay mucha gente implicada en el caso, más de la que podríamos imaginar. Este lugar no es seguro, Tengo un plan pero debemos darnos prisa.

Sharon caminó hacia el embarcadero y tomó una de las canoas. Las dos se subieron y navegaron en medio de la noche hacia uno de los islotes, en el que habían comido y descubierto a los contrabandistas. Ocultaron la canoa e inspeccionaron la isla.

—¿Por qué hemos regresado aquí? —preguntó la mujer.

—Deben tener algún escondrijo en la isla, tenemos que esperar a que regresen y después seguirlos, de esa manera daremos con su familia —le comentó la agente.

Se ocultaron entre los árboles. Ahora únicamente podían esperar. Sharon sacó algunas tabletas de chocolate y comieron en silencio. No querían desesperarse, debían confiar. Aunque las cosas cada vez parecían más complicadas, aún tenían la esperanza de encontrar a todos los chicos con vida.

CUARTA PARTE

24. LA ISLA

Una semana antes, en las proximidades de Fort Frances.

Charlotte remó con todas sus fuerzas mientras no dejaba de llorar. Nunca había estado tan asustada, pero sabía que tenía que alejarse de allí cuanto antes. No miró atrás y cuando estuvo en medio del lago divisó a lo lejos el islote. Remó hasta allí, sacó con mucho esfuerzo la canoa y la tapó con unas ramas. Después miró dentro de la mochila que su hermano había dejado en la barca y comprobó que había bastante comida, agua y unas cerillas. Lo volvió a guardar y en la parte más boscosa, con unas pocas ramas, se fabricó un precario chamizo. Se metió dentro y se quedó dormida.

Se despertó a la mañana siguiente con un hambre voraz, pero primero tuvo que ir urgentemente a orinar. Se alejó del chamizo, hizo sus necesidades; se comió una chocolatina y un poco de pan de molde. No sabía cuánto tiempo tendría que permanecer allí, por eso era mejor intentar racionar la comida, a pesar de que siempre se sentía hambrienta.

Al día siguiente vio que una barca se acercaba a la isla, y fue a esconderse entre las ramas, pero una hora más tarde salió para ver qué sucedía. Se aproximó a la playa y vio la barca aún allí. Buscó a los contrabandistas, pero no parecían estar por ningún lado. Decidió aproximarse a la zona y descubrió entre unas rocas, en un lugar próximo, lo que parecían unas rejas. Estaban cerradas con una cadena. Intentó abrirla, pero fue imposible. Escuchó voces y se escondió. Unos hombres salieron por aquel túnel, se subieron a la barca y se marcharon.

La niña regresó poco tiempo después y gritó en la boca del túnel. Tenía la esperanza de que su familia estuviera allí. Al principio no ocurrió nada, pero justo cuando estaba a punto de irse desanimada, escuchó la voz de una mujer o una chica.

–¿Estáis bien? —le preguntó.

–¿Quién eres? —le preguntó la voz.

–Soy Charlotte. ¿Mi madre o mi hermana están con vosotros?

–No lo sé, estoy encerrada sola, pero hay más celdas —dijo la voz en la lejanía.

–No puedo abrir —dijo la niña.

–Toma unas piedras y golpea el candado de la reja —le contestó la voz.

Al final la niña regresó a la playa y buscó un par de piedras grandes. Golpeó el candado una y otra vez hasta que logró abrirlo. Tenía las manos en carne viva y un miedo horrible a atravesar la oscuridad, pero al final se decidió a entrar. Caminó a toda prisa por el túnel oscuro y llegó a una zona más amplia, a tientas tocó las paredes siguiendo la voz de una mujer. Consiguió llegar hasta ella. La puerta estaba atrancada desde fuera con un gran pestillo. Le costó un poco abrirla, pero lo consiguió.

En medio de la oscuridad había una figura sentada. La niña se quedó en el umbral sin saber qué hacer. No se atrevía a acercarse, pero quería ayudar a la mujer.

—Por favor, ayúdame a levantarme —dijo la voz en medio de la oscuridad.

Se aproximó con paso vacilante y logró llegar hasta ella. Extendió la mano temerosa y sintió otra fría y húmeda. La ayudó a incorporarse y ambas salieron por el túnel. Cuando llegaron a la playa, Charlotte pudo contemplarla con claridad. Parecía un ángel, sus facciones eran suaves y proporcionadas; su cuerpo, aunque algo delgado y sucio, era hermoso. Se preguntó por qué la tenían encerrada allí, como si fuera una bestia.

Le ayudó a acercarse al agua y la mujer se limpió con avidez, como si necesitara desprenderse del olor y el sudor acumulados en su celda.

—¿Se encuentra mejor?

—¿Qué hace una niña sola en un sitio como este? —le preguntó la mujer angustiada. No entendía que su libertadora hubiera sido una niña.

—Ellos han cogido a mi familia, no sé dónde están.

—¿Ellos? ¿Quiénes?

—Los mismos que te han encerrado aquí —contestó la niña.

—Será mejor que nos marchemos por si vuelven.

La niña la llevó hasta su escondite y le dio algo de comer, la chica devoró en pocos segundos lo que le ofrecía y después se quedó apoyada en un árbol disfrutando del calor del sol.

—Echaba de menos la luz y el calor —dijo con los ojos cerrados.

—¿Puedes ayudarme a encontrar a mi familia? —preguntó la niña temerosa.

—Esa gente es muy peligrosa, es mejor que nos alejemos de ella y pidamos ayuda —contestó la chica.

—Está bien —contestó algo decepcionada la niña.

—¿Cómo llegaste a la isla?

La niña no contestó, le pidió que la siguiera y la llevó hasta donde había dejado la canoa, pero al llegar comprobaron que ya no estaba allí.

—Aquí no hay nada.

—La corriente debe habérsela llevado —contestó la niña decepcionada.

—Maldita sea. Estamos encerradas en la isla. Es imposible llegar a nado al otro lado, y cuando vea que no estoy nos buscarán y nos descubrirán. No quiero pensar en lo que serán capaces de hacerme. Hubiera sido mejor que me dejaras dentro.

—No nos encontrarán —dijo la niña.

—La isla no es muy grande. Nos encontrarán, te lo aseguro.

—No, yo sé cómo evitarlo.

La niña corrió hasta una zona de juncos y tomó uno, lo peló un poco y sopló dentro.

—Podemos sumergirnos mientras buscan por la isla, no entrarán en el agua.

—Pero encontrarán tu chamizo —dijo la chica.

—Lo desharemos antes y cuando ya no nos busquen pensaremos en una forma de salir de la isla. Seguro que se nos ocurre algo —dijo la niña con una sonrisa.

—Dios mío, ¿cuántos años tienes?

—Dentro de poco haré ocho años —contestó la niña.

La chica acarició su cabeza de pelo rubio liso y le sonrió por primera vez.

—Gracias por salvarme. Te debo una, te aseguro que te ayudaré a buscar a tu familia. Mi nombre es Olena, que significa luz.

—Yo me llamo Charlotte —contestó la niña.

Se dirigieron de nuevo al chamizo y estuvieron toda la tarde charlando. De alguna manera aquellas dos almas solitarias y asustadas lograron encontrar juntas algo de sosiego ante la tormenta que se aproximaba.

25. EL BOSQUE

Una semana antes, en las proximidades de Internacional Falls.

Las habían vuelto a atrapar y ahora que sabían que habían hecho daño a sus hermanos, temían las represalias. El grandullón, a pesar de las heridas, aún seguía con vida, el otro estaba bien muerto. Obligaron a Steve e Isabelle a cavar una tumba profunda y después lo enterraron sin mucha ceremonia. Parecían vivir como animales viendo como se comportaban. Después se deshicieron del cadáver de Samuel. Se limitaron a atarle un par de sacos de piedras y hundirlo en medio del lago. Después subieron a por el cuerpo del casero e hicieron los mismo.

Victoria estaba atada de pies y manos, no se fiaban de ella después de lo que había sido capaz de hacer. Ella no podía ver lo que hacían, pero los escuchaba. Era casi peor que verlo, ya que los gemidos y gritos de sus hijos eran aterradores.

Una de las noches que estaban más bebidos debieron envalentonarse y el gigante, que parecía casi curado de sus ideas, la cargó como un saco y la bajó al salón. Todo estaba revuelto y sucio. Ellos solo vestían unos pantalones cortos vaqueros y caminaban descalzos por la casa. Los chicos conservaban parte de sus ropas sucias, aunque el vestido de su hija se encontraba desgarrado y mugriento.

—Ya tenemos aquí a vuestra mamá. Hola mamá, hemos buscado a tu hijita, pero no la hemos encontrado por ninguna parte. Al final va a ser la más valiente y fuerte de los cuatro. Ya viste lo que nos duró tu maridito —dijo el hombre mayor.

—Por favor, dejen que nos marchemos, al menos mis hijos...
—les suplicó Victoria.

Los tres hombres comenzaron a reírse a carcajadas.

—¿Después de matar a uno de los míos? ¿Por qué iba a salvarlos? Nos lo estamos pasando muy bien con ellos. ¿Verdad chicos? Pero te hemos traído para que elijas. Hoy vas a tener que tomar la decisión más difícil de tu vida —dijo el hombre mayor.

Victoria comenzó a temblar, no quería ni pensar qué se les había podido ocurrir a aquellos tipos. Miró a sus hijos con las cabezas agachadas, llenos de moratones y anulados por el miedo. No era capaz de pensar qué más podían hacerles.

—Vamos a darte la oportunidad de que salves a uno de los dos. Bueno, creo que es justo. Tendrás que elegir entre el chico o la chica. Al que elijas lo soltaremos y tendrá una oportunidad de escapar, pero si le capturamos terminaremos con él. ¿Has entendido?

Lo que aquellos hombres le pedían era prácticamente una sentencia de muerte contra uno de sus hijos. La mujer estaba horrorizada, era incapaz de tomar una decisión de aquel tipo.

—¡No puedo elegir entre mis dos hijos! —gritó desesperada—. Dejadme que vaya yo, hacedme lo que queráis, pero no maltratéis más a mis hijos.

Los hombres volvieron a reírse, parecían disfrutar con torturar a aquella familia indefensa.

—Lo siento, tienes que elegir. De otra manera se lo haremos a los dos. ¿Prefieres perder a ambos hijos el mismo día?

—No puedo elegir —contestó entre sollozos.

—Está bien, tú lo has querido. Antes de una hora tendrás el cuerpo de ambos. Primero empezaremos por el chico, creo que él aguantará un poco más. Necesitamos algo de diversión. Tú te quedarás con ella, aún no estás en condiciones de correr por la montaña ni salir de caza —le ordenó el padre al gigante.

—Pero, padre, yo quiero participar.

—No, prefiero que la vigiles. Esta zorra es más peligrosa de lo que parece.

—Bueno chicos, primero correrás tú. Mientras mi hijo vigila a tu hermanita. Te dejaremos diez minutos de ventaja y después te daremos caza. Espero que sepas correr, no hay animal en este bosque que se nos resista. Aunque me temo que cazarte a ti será más fácil que atrapar a un conejo. Eres un mariquita como tu padre.

—¡No, por favor! —comenzó a gritar el chico.

El gigante dejó a la mujer en la habitación de arriba sobre la cama y se quedó vigilando a la chica en el porche, la pobre parecía como ida, casi sin saber cómo reaccionar.

—¡Corre chico! —gritó el hombre mayor.

El muchacho al principio se quedó parado sin saber qué hacer, pero el otro hombre disparó al aire y comenzó a correr despavorido. Los tres hombres comenzaron a reír. El gigante se sentó en un balancín y puso a la chica sobre su regazo.

—Mira cómo corre tu hermano —le dijo obligándola a mirar. Isabelle comenzó a llorar. Ya no lo soportaba más, prefería morir que continuar en aquel infierno.

Steve corrió a pesar de sentirse agotado. Apenas había comido ni dormido nada en los dos últimos días. Por no hablar de todas las vejaciones que había tenido que soportar. Llevaba unos cinco minutos bordeando el lago, cuando escuchó los ladridos de los perros. Aquellos tipos iban a darle caza como si se tratara de un animal. La única manera de despistarlos era meterse en el agua, pero no podía cruzar el lago a nado, por lo que corrió por la orilla con la esperanza de que no siguieran su rastro. Llevaba algo más de quince minutos corriendo cuando vio a uno de los pastores alemanes a su derecha.

—¡Dios mío! —gritó. La única manera de sobrevivir era deshacerse de él. Corrió hasta un árbol y arrancó una rama afilada. El perro se acercó a él gruñendo y enseñándole los dientes.

—¡Venga ataca! —le dijo agarrando la rama con las dos manos.

El perro saltó hacia él y aprovechando que tenía el pecho descubierto, le hincó la rama con todas sus fuerzas entre las costillas. El perro gimió y cayó al suelo revolviéndose de dolor.

Steve pareció recuperar fuerzas y corrió de nuevo hacia el oeste. Sabía que el pueblo estaba por aquel lado. No había logrado avanzar ni dos kilómetros, cuando sus cazadores le encontraron. Tres perros los precedían ladrando y gimiendo, deseosos de que soltaran sus correas.

—Ya te hemos encontrado —dijo el hombre mayor—. Has matado a uno de mis perros favoritos, maldito crío, ese animal era mucho más valioso que tú.

Steve, por primera vez en su vida, se sintió fuerte. Sabía que no tenía nada que hacer contra tres perros y dos hombres armados, pero de alguna manera había comprendido que luchar era la única forma de mantener algo de su dignidad. Blandió el palo y los hombres soltaron a los perros.

Los animales corrieron hacia él enfurecidos, el chico los miró desafiante y se preparó para morir.

26. AMOR

Las dos mujeres escucharon un ruido a sus espaldas y se volvieron asustadas. Sharon apuntó con el arma a los árboles y Victoria la imitó.

—¡No disparen! —dijo una voz con acento extranjero.

Las dos mujeres se miraron confundidas y después al ver a una mujer rubia, de pelo casi blanco, salir de entre los árboles, bajaron las armas.

—¿Quién demonios es usted? —preguntó la policía.

—Lo siento, bueno… —comenzó a decir la mujer, cuando a su espalda asomó la cara de una niña.

Victoria abrió mucho los ojos, como si no lograra creer lo que estaba viendo. Por primera vez en los últimos días sabía que no estaba delirando, esa era su hija. Estaba viva, no podía creérselo.

—¿Charlotte? —preguntó todavía confusa. La niña esbozó una sonrisa y corrió para cobijarse en los brazos de su madre.

—¡Charlotte! —gritó la madre al ver de nuevo a su hija a salvo.

—Mamá —contestó entre lágrimas.

—Creía que te había perdido para siempre. Ya no permitiré que nunca más te separes de mí —dijo la mujer con la voz temblorosa por la emoción.

Sharon tuvo que morderse el labio inferior para reprimir las lágrimas. No podía creer lo que contemplaban sus ojos, por fin algo parecía salir bien.

—¿Cómo llegaste hasta aquí? ¿Quién es esta chica?

Las cuatro se sentaron en el suelo y la niña les narró cómo llevaban días escondiéndose de los contrabandistas.

—Lo peor fue cuando descubrieron que Olena ya no estaba en su celda. Registraron toda la isla, pero nos escondimos en el lago, con unas cañas para poder respirar, después continuaron con sus negocios. Traían mercancía y se la llevaban.

—¿Sabes algo de tus hermanos?

—No los hemos visto, pero cada día llegan a la misma hora con una lancha; después se marchan. Si lográramos seguirlos, podríamos descubrir dónde están todos. ¿Dónde está papá? —preguntó la niña al extrañarse de que su madre no le hubiera mencionado.

La mujer suspiró y miró a la agente, como si necesitara su apoyo para responder a una pregunta tan difícil.

—Papá ya no está con nosotros, ahora está en un lugar mejor.

Las lágrimas de la niña comenzaron a correr por sus sonrosados pómulos y se abrazó a su madre llorando.

Unos minutos más tarde, cuando lograron consolar a Charlotte, Sharon preguntó a la chica qué hacía en la isla.

—Bueno, llegué como turista a Canadá hace unos meses. Mi intención era quedarme a vivir. Soy originaria de Ucrania y allí llevamos años viviendo una terrible guerra civil. Los tipos que me habían traído me prometieron un trabajo cuidando niños y que arreglarían mis papeles. En mi país era maestra y tenía el sueño de vivir en Canadá, ser profesora, casarme y fundar una familia. En cuanto llegué al país me encerraron en un piso y me… —la mujer titubeó antes de continuar describiendo su vida, la niña la escuchaba atentamente—. Bueno, era una mafia que explotaba a mujeres, al parecer les dan chicas a los contrabandistas para que las vendan en Estados Unidos y estos, a su vez, les venden drogas. Nos suelen tener unos días encerradas hasta que tienen comprador. Estuve unos días en la cueva, éramos varias, pero cuando su hija me liberó, yo era la única que quedaba.

—¿Entre las chicas había alguna llamada Isabelle? —preguntó angustiada Victoria.

—No recuerdo a ninguna con ese nombre —contestó la chica.

La mujer respiró aliviada, temía que la hubieran vendido a algún tipo de mafia. El último recuerdo que tenía, según le había contado a Sharon, había sido la caza macabra en la que habían metido a los gemelos, pero continuaba sin recordar cómo había logrado escapar y qué le había sucedido al resto de sus hijos. Al menos Charlotte se encontraba sana y salva.

—Queda algo más de una hora, para que lleguen con la barca —dijo la chica.

—Podremos seguirlos, pero quiero pedirte un último favor. Necesito que te marches con Charlotte, debes llegar a la comisaria de Fort Frances y contarles todo lo sucedido. Mientras nosotras intentaremos salvar a mis otros dos hijos. ¿Lo has entendido?

—Sí, pero no estará involucrada la policía de Canadá —le recordó Sharon.

—Tendremos que correr ese riesgo —dijo Victoria resignada. A veces la única forma de salvarse era arriesgarse primero.

Abrazaron y besaron a la niña, las dejaron al otro lado del lago y regresaron a la isla. Esperaron impacientes hasta que vieron venir a los contrabandistas. Eran dos hombres, uno mayor y otro más joven. Entonces Victoria recordó todo y fue como si alguien le estuviera arrancando las entrañas con unas tenazas. Intentó soportar el dolor y concentrarse en salvar lo que aún quedaba de su pobre familia.

27. SOBREVIVIR

Una semana antes, en las proximidades de Internacional Falls.

Victoria se sacudía sobre la cama como un barco zarandeado por el viento. Debía desatarse y ayudar a sus hijos antes de que fuera demasiado tarde. Logró caerse de la cama y con el filo de una de las patas cortó la cuerda de las manos, se desató los pies y corrió escaleras abajo. Miró a su alrededor y la única arma potencial que logró encontrar fue uno de los hierros de la chimenea con una punta afilada. Se asomó por la ventana y vio al gigante que besaba en el cuello a su hija.

–Cerdo —susurró.

Abrió la puerta muy despacio, el gigante parecía tan entretenido que no se percató de que se acercaba por su espalda. La mujer blandió el hierro con las dos manos y le golpeó con fuerza en la cabeza. El tipo giró la cara y puso un gesto de furia, que le hizo temblar, le volvió a golpear y la sangre comenzó a salir a borbotones de su cabeza. Aun así, el tipo tiró a la chica al suelo, se puso en pie y comenzó a acercársele.

–¡Maldito hijo de puta! ¡Muérete de una vez! —gritó mientras le clavaba el hierro en la tripa. El gigante agachó la vista y se sacó el hierro arrojándolo a un lado.

La mujer le miró sorprendida. Aquel tipo parecía inmune a todos sus ataques. Cogió a Victoria por el cuello con una sola mano y la levantó. La mujer se aferró a los dedos del hombre, pero no logró hacer nada. El tipo la mantenía en el aire mientras ella agitaba los pies. Se estaba quedando sin aire y sin fuerzas.

Entonces el gigante notó un fuerte dolor en la espalda. Isabelle había tomado el pincho y se lo había hincado a la altura de los riñones. El gigante soltó a la mujer que cayó ruidosamente sobre el suelo del porche y fue a por la chica. Esta logró clavarle de nuevo el pincho en la tripa, pero el gigante logró atraparla y comenzó a zarandearla en el aire. Parecía una muñeca de trapo sacudida por un niño violento.

Victoria logró ponerse en pie y medio aturdida vio el fusil que estaba apoyado al lado de la puerta. Lo tomó, comprobó que estaba cargado y apuntó.

—¡Maldito monstruo, suelta a mi hija de inmediato!

El gigante lanzó a la chica por los aires que cayó a pocos metros. Después comenzó a caminar hacia la mujer, pero antes de que lograra alcanzarla, le disparó en un hombro y el tipo siguió caminando; y le volvió a disparar rozándole el cuello y justo cuando alargaba las manos, le dio en plena cabeza. Los sesos del tipo se desparramaron por el suelo y el cuerpo se derrumbó como una torre asediada.

La mujer soltó el fusil, estaba agotada, llena de magulladuras, pero en cuanto vio a su hija en el suelo corrió hacia ella.

—¿Estás bien? —le preguntó mientras la ayudaba a levantarse.

—Mamá, sácame de aquí, por favor —le suplicó cubierta la cara de sangre.

La mujer la ayudó a incorporarse, puso su brazo rodeando la espalda y comenzaron a correr hacia el coche. La chica apenas levantaba la cabeza. La dejó en uno de los asientos y se puso en el del conductor. No quería dejar a Steve, pero debía de salvar a Isabelle. Arrancó el coche y lo sacó a toda velocidad del sendero, logró llegar hasta la carretera principal y a pocos kilómetros de allí se cruzó con un coche de policía, frenó en seco y comenzó a tocar el claxon. El coche de policía se dio la vuelta y paró a su lado. Un hombre mayor se acercó por el lateral y miró por la ventanilla.

–¿Se encuentran bien? —les preguntó.

–Necesitamos ayuda —dijo la mujer.

–Están a salvo, soy el sheriff de Internacional Falls —contestó el hombre.

Victoria se aferró al volante y comenzó a llorar. Parecía que aquella horrible pesadilla estaba llegando a su fin. Se abrazó a su hija que también comenzó a llorar.

28. MALAS COMPAÑÍAS

Cuando vieron llegar la lancha y descargar la barca se quedaron un rato observándolos. A los dos hombres que Victoria conocía se les habían unido otros dos. Aquello las desanimó un poco, no sabían cuántos matones podía haber en su guarida. Si ya era muy difícil intentar salvar a su familia con dos, sería misión imposible si se trataba de un ejército.

En cuanto percibieron que los hombres estaban a punto de marcharse, corrieron hasta su barca y la sacaron al agua. Dieron la vuelta a la isla y a una larga distancia vieron cómo se alejaban los contrabandistas. Intentaron perseguirlos de lejos para que no las vieran.

—Por lo que nos ha contado la chica ucraniana hay una verdadera mafia organizada en esta zona —comentó Victoria.

Sharon afirmó con la cabeza. Se preguntaba cómo podía estar sucediendo eso delante de sus narices sin que se diera cuenta.

—Tú no tenías por qué saberlo. Normalmente los policías corruptos saben a quién involucrar en sus negocios —dijo la mujer como si le estuviera leyendo el pensamiento.

—Eso es cierto, pero no me consuela. He sido una estúpida, a veces pienso que por eso precisamente me eligieron. Una niña que es incapaz de darse cuenta de nada.

—Eso no es cierto, estás arriesgando tu vida y tu carrera por ayudarme. Siempre has confiado en mí, a pesar de que era una completa desconocida.

—Lamento no haber podido hacer algo antes.

—A veces las cosas suceden cuando tienen que hacerlo. Yo estaba bloqueada, no recordaba nada, pero poco a poco lo sucedido me fue viniendo a la mente. Por un lado estaba mejor sin acordarme de ello, pero lo importante es que hemos salvado a mi pequeña a esa chica, a muchas más y espero que al resto de mis hijos.

—¿No recuerdas qué sucedió cuando te encontraste con el sheriff?

—La última imagen que tengo es cuando nos dijo que estábamos a salvo. No sé qué sucedió después con mi Steve ni con Isabelle.

—Bueno, lo sabremos dentro de poco. Parece que esos tipos están atracando la barca.

—¿Dónde estamos?

—Otra vez en Canadá, aunque allí es Estados Unidos. Nos movemos todo el tiempo en la frontera entre ambos países.

Las dos mujeres dejaron la canoa a algo más de quinientos metros, llegaron a pie al embarcadero y vieron que había otras dos barcas y una destartalada caseta de madera.

Sharon miró por un agujero y vio algunos utensilios de pesca y trastos viejos, nada demasiado sospechoso. Caminaron por el sendero algo más de medio kilómetro y llegaron a un claro en el que había una casa inmensa, rodeada por una valla metálica que parecía tener salida a una carretera. Enfrente de la casa había tres furgonetas aparcadas; una era la de aquellos tipos.

—¿Cuántos piensas que serán? —le preguntó Sharon.

—Me temo que al menos seis, puede que más.

—Tengo unas diez balas, creo que tu pistola está cargada con seis. No es mucho, tendremos que afinar la puntería.

—A lo mejor no están todos en la casa en este momento —dijo la mujer para animarse un poco.

—Es posible —contestó la agente.

—Puede que sea mejor que esperemos a la noche, cuando estén todos dormidos.

—Tienes razón, pero también tenemos que conseguir una forma de avisar a la policía de Fort Frances. Si llegan con refuerzos tal vez tengamos una opción.

—Pero has dicho que estamos en suelo estadounidense —dijo la mujer algo extrañada.

—Bueno, la casa justo se encuentra en suelo canadiense.

—Fantástico. Pero ¿cómo podremos comunicarnos con ellos?

—Puede que en las furgonetas encontremos algún tipo de aparato de comunicación. Esa gente debe tener algún sistema —comentó Sharon.

—Esperemos.

—Sí, pero antes intentaré comunicar. La policía de Canadá tardará al menos un par de horas en llegar hasta aquí. No tardará en anochecer. Cúbreme.

Sharon comenzó a bajar por el terraplén a plena luz del día. Victoria miraba a todas partes asustada: si la veían todo estaría perdido. La única forma de liberar a sus hijos era aprovechar el factor sorpresa.

La agente saltó la valla y se acercó a rastras a la primera furgoneta, abrió la puerta sin levantar la cabeza y se introdujo con cuidado, volvió a cerrar la puerta y comenzó a registrarla. Estaba repleta de latas vacías de cerveza, restos de comida y cartuchos, vio una escopeta y pensó en llevársela. Al menos había encontrado más armas, pero no encontró teléfonos ni radios. Bajó con sigilo y se acercó a la siguiente furgoneta, estaba a punto de entrar cuando escuchó cómo se abría la puerta principal y salían dos tipos. Le dio un vuelco el corazón, se tiró bajó la furgoneta y apuntó con el fusil a las dos personas que se aproximaban.

—Joder, siempre nos toca a los mismos.

—No te quejes, Tim, es mucho peor lo de repartir a esas furcias, son chillonas y lloronas —dijo el otro hombre.

—Pero al menos uno puede pasar un buen rato con ellas —comentó Tim.

—Eres un salido —dijo sonriente el otro hombre.

Se pararon justo frente a la furgoneta en la que se escondía Sharon y abrieron la puerta.

—Joder, esta no tiene las llaves, vamos en la otra.

–¿En esa tartana? —se quejó el otro hombre.

Se fueron a la furgoneta de al lado, se subieron y salieron por la puerta principal después de que uno de ellos se bajara a abrir y cerrar la cancela. Después la agente salió de debajo del vehículo y lo registro. Tampoco encontró ninguna forma de comunicarse.

Se acercó a la única furgoneta que no había registrado. Estaba llena de trastos, un cuchillo y restos de comida, pero sin teléfonos. Regresó a la posición donde se hallaba Victoria y le comentó lo que había descubierto.

–No es mucho, pero al menos tenemos más armas. Se han marchado dos tipos, imagino que no habrá más de cuatro o cinco en la casa, tal vez sea la hora de actuar.

Sharon se lo pensó un poco, pero sabía que la mujer tenía razón. No merecía la pena esperar refuerzos, tenían que entrar en la casa y terminar el trabajo ellas mismas.

Descendieron por el terraplén y después saltaron la valla.

–¿Por dónde entramos? —preguntó Victoria.

–Mejor por detrás, pero tal vez sería más adecuado que te quedaras fuera para poner en marcha una de las furgonetas, no quiero que esta gente te haga daño.

–¿Estás loca? Esa gente ha destrozado a mi familia. Ahora van a pagar por lo que han hecho.

Sharon encogió los hombros y se dirigió a la parte trasera. Se asomó por un par de ventanas para hacerse una idea de la distribución de la casa. Era enorme, parecía la mansión de un magnate más que una simple cabaña en el bosque.

Llegaron a la parte trasera y vieron una puerta que daba al sótano.

—Creo que será mejor entrar por aquí —dijo la agente.

Un candado pequeño la cerraba con dos arandelas. Sharon logró abrirla con el cuchillo y después entraron lo más sigilosamente que pudieron.

El sótano se encontraba completamente a oscuras, algo de luz entraba por la puerta abierta y un ventanuco mugriento, pero no era suficiente para que se hicieran una idea de cómo era el lugar. Caminaron con cuidado de no tropezar con nada y llegaron hasta lo que parecía un pequeño laboratorio de procesamiento de droga. Después vieron unas escaleras que conducían a la planta de arriba.

Sharon subió primero con sumo cuidado, los escalones de madera crujían y sentía que el corazón se le aceleraba por momentos. Tenía la sensación de que si entraba en esa casa nunca más saldría con vida.

Abrieron la puerta y salieron a un pasillo, si no estaba equivocada por un lado daba a la cocina y por el otro a un baño, la entrada y el salón. Hizo un gesto a la mujer y se dirigieron hacia a la entrada donde había otra escalera que llevaba a la primera planta. Si tenían encerrados a sus hijos, sin duda sería allí.

Subieron con suma cautela, por ahora no se habían cruzado con nadie. Cuando llegaron arriba vieron el largo pasillo, más escaleras y unas cinco habitaciones. Entrar en cada una de ellas era como jugar al azar, podían encontrar a los chicos o meterse en la boca del lobo.

—Vamos más arriba —le susurró Victoria.

—¿Estás segura? —le preguntó Sharon.

—No, pero parece un lugar más probable.

Subieron el nuevo tramo de escaleras y vieron dos habitaciones. Allí las probabilidades de acertar aumentaban hasta un cincuenta por ciento. Sharon empuñó la pistola y comenzó a girar el pomo. Justo en ese momento se acordó de su hermana, la echaba mucho de menos. Tuvo que dejarla en medio del bosque para que no lo contara todo. El abuelo era un buen hombre, se había sobrepasado con ellas, pero no quería destruirle, dañar a toda la familia. Ahora se arrepentía en el alma, pero ya era demasiado tarde. Siempre era demasiado tarde para redimirse.

29. DESASOSIEGO

Una semana antes, en las proximidades de Internacional Falls.

Los hombres escucharon los disparos y el motor de la furgoneta a lo lejos. En ese momento dos de los perros estaban mordiendo al chico. El pobre gritaba desesperado y se sacudía sin poder hacer nada para defenderse.

—Creo que nos han estropeado la diversión —dijo el hombre mayor.

—Esas zorras están intentando escapar de nuevo.

Uno de ellos se adelantó, apartó a los perros y cogió al chico por la pechera. Lo arrastró por el polvo en dirección a la cabaña, mientras que el otro corría hacia la casa. Cuando llegó ya era demasiado tarde, las mujeres habían escapado con la furgoneta. Se acercó a la casa para buscar su teléfono cuando casi se dio de bruces con el cuerpo de su hermano.

—Mierda —dijo mientras se limpiaba las botas manchadas de sangre en la alfombra.

Le examinó unos momentos, pero esta vez su hermano estaba bien muerto. Tenía la fuerza de un roble, pero tenía la cabeza destrozada por una bala. Nadie podía sobrevivir a algo así. Parecía que había presentado batalla por el reguero de sangre que había por todas partes.

Cuando su padre llegó arrastrando al muchacho le hizo un gesto para que se fijara en el cadáver del hombre. El padre reaccionó fríamente, no era el primer hijo que perdía, ni siquiera era el preferido. Aquel chico era puro músculo, pero poco cerebro. Sabía que tarde o temprano alguien acabaría con él. Dejó al chico tirado en el suelo polvoriento rodeado por los perros y se dirigió hasta el gigante. Se quitó el sombrero y se puso en cuclillas. Hurgó en los bolsillos del muerto y sacó un paquete de tabaco, la cartera y le quitó el reloj.

—¿Qué hacemos con las mujeres?

—Llama al viejo, que salga a recibirlas —dijo el padre mientras escupía en el suelo y se encendía un cigarrillo.

Mientras el hombre mayor encerraba al chico, su hijo llamó al viejo.

—Hola. Tenemos un problema —le comentó sin más preámbulos.

—¿En qué os habéis metido ahora? Llevábamos años sin problemas y ahora no dejáis de meter la pata. No debí acceder a lo de traer prostitutas.

—No hemos tenido ningún problema con ninguna prostituta. La cosa es que… —El hombre no sabía cómo explicarle lo sucedido. La muerte de dos de sus hermanos y todo aquel desastre con la familia de turistas ingleses.

—No tengo todo el maldito día —se quejó el viejo.

El contrabandista le resumió brevemente lo ocurrido, aunque omitió algunos detalles escabrosos.

—¡Dios mío! ¿Pero qué demonios estabais pensando? ¿Habéis matado a alguno de los turistas? —preguntó el viejo preocupado.

—Bueno, el padre se puso chulo y tuvimos que eliminarlo.

—Eso es un desastre. Los federales meterán sus narices en el parque nacional. Llevamos años intentando pasar desapercibidos y vosotros habéis tirado todo por la borda.

—También hemos tenido que matar al casero.

El viejo se llevó las manos a la cabeza. Era muy difícil solucionar todo aquel desastre, pero tendrían una oportunidad si tomaba las riendas.

—Las dos mujeres se han escapado, van por la carretera en dirección al pueblo.

El viejo ya no pudo escuchar más. Le mandó al diablo y colgó el teléfono. Salió a la calle y tomó su coche. En menos de diez minutos se cruzó con la furgoneta de esos malditos palurdos con los que se había asociado. Afortunadamente, el vehículo paró y las dos mujeres comenzaron a pedirle ayuda.

—Señora, lamento mucho lo ocurrido.

—Necesitamos que nos ayude, mi hijo todavía está en manos de esa gente.

—No se preocupe. Dejen la furgoneta a un lado y entren en la parte de atrás.

Victoria y su hija entraron en la parte trasera del vehículo policial y cerraron la puerta. El sheriff de Internacional Falls lo puso en marcha y se dirigió hacia la casa de los contrabandistas. La mujer comenzó a ponerse nerviosa en cuanto cambiaron de rumbo y a los pocos minutos regresaron al sendero.

—¿Dónde va? —le preguntó golpeando el cristal de seguridad.

—No se preocupe, liberaremos a su hijo. Yo sé tratar a gente como esta, llevo toda la vida haciéndolo.

—Son al menos dos, no podrá hacer nada contra ellos —comentó Victoria nerviosa.

—No podemos perder más tiempo, cada minuto que pasa es importante —les explicó el sheriff, después recorrió el sendero a una velocidad moderada y entró en la explanada en la que se encontraba la casa.

Los dos hombres se habían deshecho del cadáver y habían encerrado al chico. Al ver llegar el coche se pusieron en pie y caminaron hasta el sheriff.

—Hola chicos, estoy harto de hacer el trabajo sucio. Nadie puede relacionarme con vosotros —dijo mientras se apeaba del coche.

—Lo sentimos jefe, pero las cosas se han complicado.

—Las cosas no se han complicado, sois vosotros los que las habéis complicado —dijo el sheriff.

Victoria miró desde el interior del coche cómo el policía hablaba amigablemente con los asesinos de su marido y comenzó a ponerse histérica, intentó controlarse para no asustar a su hija, pero disimuladamente empezó a mover el manubrio de la puerta del coche, pero estaba bloqueado.

—¿Qué sucede mamá? ¿Por qué hemos vuelto aquí? —preguntó la chica aterrorizada.

—Tranquila todo saldrá bien. El sheriff está negociando con ellos. Dentro de muy poco toda esta pesadilla habrá terminado —le comentó sin mucha convicción.

El sheriff señaló el coche y les dijo:

—Ahora tendremos que matar a todos. No podemos arriesgarnos a que nos descubran.

—No hay problema —contestó el más joven.

—Podríamos vender las dos mujeres a los canadienses —propuso el otro hombre.

—¿Estás loco? Estas dos no son unas inmigrantes indocumentadas, son ciudadanas británicas y alguien preguntará por ellas antes o después —dijo el sheriff furioso.

—¡Maldita sea, he perdido a dos hijos por esas zorras! Al menos nos quedaremos con la menor, con la otra haz lo que quieras. Además, hay una niña perdida por el bosque y otro chico que tenemos encerrado.

El sheriff los miró atónito, no podía creer lo que estaba sucediendo.

—Traedme a esas dos —dijo mientras entraba en la casa.

Se sentó en uno de los sillones del salón y esperó impaciente. Cuando los dos tipos entraron con las dos mujeres se quedó algo pensativo, como si todavía no tuviera claro qué hacer con ellas. Los dos hombres arrastraron a la madre y a la hija hasta sus pies y las empujaron hasta que se pusieron de rodillas.

—Señoras tenemos un problema, mis amigos han hecho una tontería y ahora me toca a mí resolverla. Me hubiera gustado evitarles todo este sufrimiento, pero no puedo cambiar el pasado. Señora, imagino que sabe en la situación que se encuentra. La única forma de salvar a su familia es que olvide lo sucedido y busquemos a su hija pequeña. Imagino que comenzará a gimotear y a decirnos que no puede abandonar a sus otros dos hijos, pero si no lo hace, los tres morirán. ¿Lo ha entendido?

—Sí —dijo Victoria intentando controlar los nervios.

—Mi amigo la llevará al lago para buscar a su hija, después la traerá y las liberará.

La mujer asintió con la cabeza, después el más joven de los contrabandistas la agarró del pelo y la arrastró por el salón hacia la salida. Ella se quejó, pero intentó mantener la calma. Debía colaborar, para que su hija pequeña no muriera. El hombre la llevó a rastras hasta una barca, pero antes de que la metiera dentro, la mujer vio en el suelo un peluche, un osito que pertenecía a su hija. Le imploró al hombre que le dejara cogerlo. El tipo soltó un gruñido, pero al final permitió que Victoria tomara el muñeco.

30. MUERTE

Le temblaban las manos, alargó el cañón y abrió la puerta despacio. La habitación estaba completamente a oscuras. No quería encender la luz, pero al final la mujer entró y llamó en voz baja a su hija.

—Isabelle, ¿te encuentras bien?

Algo se movió sobre la cama, pero no pudieron identificarlo. Se aproximaron un poco más e intentaron forzar la vista. Lo único que se distinguía era un gran bulto. La mujer lo zarandeó un poco y comenzó a moverse.

—Isabelle. Soy mamá.

El cuerpo se tensó de repente y se apartó a un lado de la cama. Las dos mujeres le rodearon, temían que comenzara a gritar o intentase escapar. Victoria palpó el brazo del cuerpo tendido y enseguida entendió que se trataba de Steve.

—¡Dios mío, es Steve!

Estaba sorprendida por verle en aquel cuarto y sobre todo por encontrarlo con vida. De alguna manera se había convencido de que los contrabandistas se habrían deshecho de él.

—Mamá —dijo el crío con una voz ronca. Se aferró a ella y comenzó a llorar. Después de una semana en aquel terrible infierno, apenas era capaz de moverse, estaba paralizado por el miedo y tenía todo el cuerpo amoratado por las constantes palizas.

—No te preocupes, te vamos a sacar de aquí.

—Lo siento —dijo el chico llorando sin parar.

—No tienes nada que sentir —dijo su madre mientras le acariciaba la cara—. A partir de ahora todo va a salir bien, regresaremos a casa y todo esto quedará atrás.

—Tenemos que salir de aquí —le advirtió la policía.

—No podemos, Isabelle tiene que estar en la casa —dijo mientras ayudaba a levantarse al chico.

—Tenemos que encontrar un teléfono y pedir ayuda. Ya nos hemos arriesgado bastante. La policía canadiense puede buscar a su hija antes de que...

Escucharon el ruido de pasos y las dos mujeres se callaron de inmediato y se pusieron tensas y alerta.

Los pasos parecían de una sola persona. Se detuvieron durante un momento pero después volvieron a retumbar. Las dos mujeres apuntaron hacia la puerta, pero no entró nadie, al parecer no habían subido hasta el desván.

—Tenemos que irnos de inmediato —insistió Sharon. Sabía que si las descubrían dentro de la casa no lograrían escapar con vida.

—Márchese con mi hijo y pida ayuda, yo buscaré a Isabelle.

La policía se quedó pensativa, estaba a punto de insistir de nuevo a la mujer cuando escuchó un fuerte golpe.

Tres tipos entraron por la puerta y se lanzaron sobre ellos. Sharon logró echarse a un lado y correr escaleras abajo, tenía que encontrar un teléfono lo antes posible.

No paró hasta llegar al salón y entonces vio un teléfono sobre la mesa, intentó llamar pero estaba bloqueado, al final logró acceder a las llamadas de emergencia, el teléfono tardó en dar la señal y se le hizo una eternidad hasta que una operaria al final tomó la llamada.

—Soy la ayudante del sheriff de 31 Internacional Falls. Por favor envíen ayuda urgente, hay varias personas armadas que nos están reteniendo.

—¿Puede decirme su dirección?

—Estamos en una casa en medio del bosque. ¿No son capaces de rastrear un teléfono?

—Por favor, no cuelgue, eso puede llevarnos un momento...

Escuchó unos pasos a su espalda, sintió un escalofrío y se giró para ver quién estaba justo a su lado.

—No pensé que fueras tan estúpida. Confiaba en ti, eras una buena ayudante, incluso hubieras podido ser una buena sheriff con el tiempo. Ya sabes que yo me jubilo dentro de poco tiempo, pero tenías que meter las narices donde no te importaba. Ayudar a esa maldita loca. Esperaba que no recordase nada, pero ese maldito doctor logró que comenzara a recuperar la memoria y, casualmente, lo primero que logró recuperar de su mente fue nuestro encuentro. Sabía que me conocía y que estaba involucrado, por eso intenté eliminarla, también tuve que matar al doctor, ella le había contado todo.

Sharon miró a su jefe, tenía la pistola en la mano y la apuntaba directamente a la cabeza.

—Tira tu arma.

—¿Me va a matar a mí también?

—Bueno, prefiero darte la oportunidad de unirte a nosotros. Tienes un sueldo de mierda, nunca saldrás de este agujero, vivimos en el culo del mundo.

—Yo elegí vivir aquí. Mis padres querían que estudiara fuera, pero preferí quedarme en el condado.

—Sigues sintiéndote culpable por lo que le sucedió a tu hermana: la dejaste morir para proteger a tu abuelo. Cuando desapareció tu hermana yo era uno de los ayudantes del sheriff, conocíamos las inclinaciones de tu abuelo, pero nunca tuvimos pruebas, pensamos que él había matado a la niña, pero fue su hermanita. Su propia hermana. No puedes salvarla, tampoco a esta gente. Están muertos desde el mismo momento en el que metieron las narices en nuestro negocio.

—Dejadlos libres y hablaremos, mantendré la boca cerrada.

—Eso es imposible, dos críos y una niña no mantendrán la boca cerrada.

—No podéis...

Escucharon voces que descendían por la escalera y aparecieron tres contrabandistas con la mujer y el chico.

—Por favor, déjalos libres ellos no dirán nada.

—¡Maldita sea, el mundo no funciona así! ¿No lo entiendes? La gente se hace rica de manera fraudulenta, todos roban y se saltan la ley, pero nosotros tenemos que cumplir las normas.

—Te lo pido, por favor —dijo la mujer.

—No, será mejor que tires el arma y te pongas con el resto, veo que no estás dispuesta a unirte a nosotros.

Sharon dejó el arma sobre la mesa, junto al teléfono, después caminó hasta la mujer y su hijo.

—Bueno, creo que por fin hemos terminado el trabajo —dijo el sheriff.

Sharon miró de reojo la puerta de la calle. Estaba abierta. Si corría lo suficientemente rápido y subía en una de las furgonetas, al menos tendría una oportunidad. Mientras su jefe miraba sorprendido el teléfono, que aún seguía abierto y daba la orden de llevarlos afuera, ella corrió hacia el bosque.

Uno de los contrabandistas alargó el brazo para atraparla, pero no logró asirla por la ropa. Sharon corrió hacia la furgoneta, pero antes de que lograse subir en ella sintió un disparo en la espalda.

—¡Dios mío!

Logró sentarse y cerrar la puerta, sentía una gran debilidad. Encendió el motor y arrancó la furgoneta, pero otros disparos impactaron en el parabrisas. La furgoneta derrapó y ella apretó el acelerador hasta que la furgoneta se estrelló contra el portalón y lo derrumbó. La sangre corría por su espalda y empapaba el asiento, la cabeza le daba vueltas y tuvo que hacer un esfuerzo para no cerrar los ojos. Logró alcanzar el sendero y desapareció en medio de una gran nube de polvo.

31. LOCURA

Una semana antes, en las proximidades de Internacional Falls.

Victoria remaba de forma mecánica, apenas era consciente de lo que hacía. Tenía la sensación de que algo en su cerebro había hecho clic y que ya no era capaz de pensar con claridad. El hombre no dejaba de apuntarla con el fusil mientras ella miraba al horizonte, contemplando aquellos majestuosos bosques que se habían convertido en su peor pesadilla.

—Bueno zorrita, creo que antes de encontrar a tu hija nosotros dos nos lo vamos a pasar muy bien. Ya he probado a la hija, lo justo es que ahora lo haga con la madre.

Las palabras de aquel sádico asesino ya no le alcanzaban, no le importaba lo que le pudiese hacer, su capacidad de sufrimiento ya había sido traspasada con creces.

—Rema hacía allí —le indicó con el brazo.

La mujer dócilmente se aproximó a la orilla, el hombre se lanzó al agua en la zona que hacía pie y dejó a un lado la embarcación. Ella dio un salto y pisó la orilla, el hombre le fue dando empujones hasta un prado cercano.

—Túmbate —le dijo.

Se echó boca arriba y la luz del sol le dio directamente en la cara. El hombre dejó a un lado el rifle y se colocó sobre ella, le apartó un poco los pantalones cortos y le arrancó con fuerza los botones de la blusa, la mujer se aferró al osito de su hija e intentó pensar en otra cosa, alejarse de allí lo más posible. Recordó los días felices con su esposo en Londres, los sueños y planes que habían imaginado durante años. Ahora todo eso parecía casi una absurda burla. Su familia no existía, todo lo que antes tenía importancia y le daba sentido a su vida había desaparecido para siempre.

El hombre jadeaba sobre ella cuando estiró el brazo y sus dedos chocaron con una piedra plana. La tomó con la mano derecha y le golpeó con fuerza en la cabeza, el hombre se sorprendió al notar el golpe y ver chorrear la sangre por su frente.

—¡Maldita zorra! —gritó furioso y comenzó a estrangularla.

Al principio se dejó hacer, le comenzó a faltar el aire, pero por alguna extraña razón experimentó la paz que siempre precede a la muerte. Entonces le vino la imagen de su hija y reaccionó, comenzó a agitarse y el hombre tuvo que emplearse a fondo para no perder el control. Al final le quitó la piedra de la mano y comenzó a golpearle con ella la cabeza. La sangre comenzó a brotar entre el pelo rubio y largo, al principio el dolor la embargó, pero después empezó a adormecerse.

—Reúnete con tu marido —dijo el hombre golpeándola por última vez. Después se puso en pie y se tocó la herida.

Miró a la mujer tendida, con la ropa medio bajada, el oso de peluche a un lado y la cabeza ensangrentada. Escuchó unas voces que se acercaban y se asustó. Pensó en esconder el cuerpo, pero se limitó a dejarlo entre unas cañas. Más tarde regresaría para hundirlo en el agua.

Corrió hacia la barca y comenzó a remar con todas sus fuerzas; la última vez que se dio la vuelta para observar el lugar en el que había dejado el cuerpo, vio a dos pescadores que comenzaban a preparar sus utensilios al lado del agua. No sabía qué les iba a explicar a los demás. Tendría que inventar algo, tal vez que la mujer intentó escapar y tuvo que terminar con ella. Entonces comenzó a silbar y miró el cielo azul. Pensó que era un día perfecto para pescar y que tenía mucha hambre. Después su barca se perdió de vista en medio del lago y las aguas volvieron poco a poco a calmarse tras su paso.

32. VENGANZA

Ahora lo recordaba todo. Aquellos hombres la habían recogido medio muerta y habían llamado a la policía. Después de examinarla y curar sus heridas la habían encerrado en aquella maldita clínica mientras su pequeña seguía desaparecida, sus dos hijos mayores prisioneros y su esposo enterrado en medio del bosque. El primer recuerdo fue cuando el sheriff vino a verla para comprobar que no recordaba nada. Cuando ella se lo contó al doctor, aquel tipo regresó con unos hombres y la persiguieron.

Después de una larga semana se encontraba en la misma casa al lado de su hijo, aunque no sabía qué había pasado con su hermana gemela, al menos Charlotte se encontraba a salvo.

—Maldita sea, de nuevo estamos en el principio, creíamos que te habíamos matado, después apareciste como una loca amnésica y ahora regresas de nuevo —dijo el sheriff hastiado de aquella mujer.

—Estaré para siempre en sus pesadillas —le contestó.

—¿Estás segura?

—Sharon ha logrado escapar y no tardará en regresar con ayuda —comentó la mujer, que aún tenía la esperanza de escapar con vida.

—Hasta ahora has tenido mucha suerte, pero acaba de terminársete, lo siento —dijo el hombre levantando el arma.

El chico corrió hacia su madre y se interpuso en el disparo, que le alcanzó de lleno. Steve se derrumbó en el suelo con un fuerte impacto en el abdomen, justo debajo del estómago.

—¡Hijo! —gritó la mujer arrodillándose y poniendo su mano en la herida para frenar la hemorragia.

Steve comenzó a ponerse pálido, estaba perdiendo mucha sangre.

En ese momento escucharon a varios coches acercarse. El sheriff se asomó por una de las ventanas. Dos coches de la policía canadiense aparcaron junto a la entrada y cuatro hombres se dirigieron armados hacia la puerta.

—La policía —dijo uno de los contrabandistas.

—Tranquilos, yo me ocuparé de esto.

El sheriff se arregló la ropa, se puso el sombrero y salió a la puerta. En cuanto le vieron los cuatro policías parecieron dudar.

—¿Qué sucede agentes?

—¿Qué hace usted aquí? —le preguntó el sargento de la policía.

—Hemos recibido un aviso y hemos venido lo antes posible —le contestó tranquilo, como si no entendiera qué hacía la policía de Canadá en aquel lugar.

—Es nuestra jurisdicción —le contestó el sargento.

—Ya sabe que algunas zonas del parque pertenecen a los Estados Unidos y otras a Canadá: hasta el sendero forma parte de su país, pero la casa está en el mío. No tienen jurisdicción. No se preocupen, tenemos todo controlado —dijo el sheriff intentando que aquellos tipos se largaran.

El sargento frunció el ceño y miró la puerta arrancada de la entrada de la finca.

—¿Podríamos echar un vistazo? —le preguntó intentando asomarse por la ventana.

—Claro que no pueden. Les ruego que se marchen por donde han venido. Lo que suceda aquí no les incumbe; nosotros nos hacemos cargo.

El sargento dudó por unos instantes, pero lo último que deseaba era un enfrentamiento entre las policías de ambos países. Ordenó a sus hombres que guardasen las armas.

—Una niña y una chica han llegado a nuestro pueblo, nos contaron que unos contrabandistas las retuvieron y que en esta casa podría haber más gente.

—¿Las han encontrado? ¡Gracias a Dios! Las llevamos buscando casi una semana. Pensábamos que les había sucedido algo. El delito se produjo en nuestro territorio, por favor, en cuanto puedan llévenlas a nuestra comisaría.

—Daré la orden, no se preocupe. Si no necesitan nada más nos marchamos —dijo el sargento.

Se escuchó un grito que salía de la casa y los policías canadienses se pararon en seco.

—¿Qué ha sido eso? —preguntó el sargento.

—Uno de mis agentes le está apretando las tuercas a un sospechoso para que confiese dónde tienen el resto de mercancía. ¿Su policía no se emplea a fondo con los delincuentes?

—A nosotros nos gusta seguir las normas.

—Algo muy elogioso agente, pero en los Estados Unidos los delincuentes son más peligrosos, están hechos de otra pasta. Ya me entiende.

El sargento ordenó a sus hombres que subieran a los vehículos y regresaron al sendero. El sheriff entró de nuevo en la casa y observó a la mujer. Estaba abrazada a su hijo que se desangraba poco a poco.

—Por favor, ayúdele —le suplicó.

El hombre sacó su arma y le pegó un tiro en la cabeza. El chico se desplomó y la sangre salpicó el rostro de la mujer, mezclándose con sus lágrimas.

33. SALIDA

Sharon intentó que el coche no se saliera del sendero, estaba perdiendo mucha sangre y si se estrellaba con alguno de los árboles se desangraría antes de que alguien pudiera ayudarla. Cuando llegó a la carretera principal dudó entre dirigirse hacia el pueblo o hacia la frontera. Al final optó por ir hacia Canadá, conocía a una veterinaria que tal vez podría curar sus heridas. Intentó no desvanecerse, debía mantener la atención, pero cada vez se encontraba más débil.

Salió de la carretera principal y se dirigió por un camino hasta la granja donde vivía Margot, la veterinaria. Era una mujer soltera, de unos cincuenta años de edad que se había trasladado desde Quebec para tener una vida más tranquila y apacible.

Cuando divisó la casa apenas le quedaban fuerzas, el coche bajó por la cuesta y cuando intentó pisar el freno ya no pudo. Afortunadamente no iba muy deprisa y el coche chocó con una valla blanca y se detuvo por completo. Su cuerpo cayó sobre el volante y comenzó a sonar el claxon.

La mujer salió de la casa a toda prisa, pensaba que se trataba de alguna emergencia, cuando vio la furgoneta tiroteada y la cabeza de la policía sobre el volante, le dio un vuelco el corazón. La examinó antes de bajarla del coche, no estaba segura de poder con su peso. Al final buscó una camilla la puso al lado de la furgoneta y colocó a la joven. Después corrió con ella hasta su pequeña sala de trabajo. La desinfecto bien, la colocó boca abajo y con cuidado limpió la herida. Antes de intentar extraer la bala le inyectó una potente anestesia.

Una media hora más tarde ya había sacado la bala y desinfectado la herida, pero no tenía sangre para la paciente y la policía había perdido mucha. Miró su grupo sanguíneo que figuraba en su chapa de agente y suspiró al saber que era compatible con la suya. Se extrajo sangre y después durante una hora le fue suministrando a la paciente una transfusión de sangre.

Pasó toda la tarde y la noche sentada al lado de la camilla; de vez en cuando le ponía alguna dosis más de antibiótico y un poco más de sangre. Por la mañana la paciente se despertó con un fuerte dolor en la espalda.

—¿Dónde estoy? —preguntó aturdida.

—En mi clínica; soy Margot, la veterinaria.

—Ahora recuerdo, tengo que ir a la policía de inmediato. Varias personas están en peligro.

—No te puedes mover, al menos en un par de días más. Yo misma te llevaría al pueblo, pero no creo que puedas soportar el viaje, la herida era profunda y has perdido mucha sangre.

La mujer hizo un amago por levantarse pero un fuerte dolor en la espalda le hizo retorcerse de dolor.

—Cálmate, lo único que conseguirás es que se te abran los puntos.

La policía se recostó de nuevo y la veterinaria le puso una inyección extra de calmante, que poco a poco consiguió relajarla de nuevo.

Sharon se quedó de nuevo dormida y cuando volvió a despertar era de noche.

—¿Cómo te encuentras?

—Bien. ¿Llamaste a la policía?

—No, estabas dormida y no hubiera sabido qué responderles.

—¿Tienes un teléfono?

—Lo tengo en el salón, será mejor que te ayude —dijo colocando a la agente en una silla de ruedas. La llevó hasta el salón y mientras le daba el teléfono puso la televisión.

Las noticias hablaban de diferentes temas de actualidad hasta que vio en un recuadro el nombre de su ciudad.

"Las autoridades informan de una serie de misteriosos crímenes en el condado. El sheriff ha acusado de estos horrendos sucesos a una de sus colaboradoras, la ayudante Sharon Dirckx. La policía del condado y la oficina del sheriff la buscan por la zona, aunque se temen que haya intentado huir a Canadá.

La veterinaria la miró preocupada y la agente levantó ambas manos para calmarla.

—Todo tiene una explicación —dijo mientras comenzaba a sentir un fuerte dolor en la espalda. Respiró hondo antes de seguir y comenzó a contarle lo que había sucedido en aquellos últimos días. A medida que le describía los detalles del caso, se daba cuenta de lo increíble que parecía todo, pero a veces la verdad es extrañamente incomprensible.

Victoria contempló cómo su hijo moría entre sus brazos, se quedó sentada en el suelo de madera y esperó a que el sheriff terminase con su vida. Ya no tenía fuerzas para seguir luchando.

—A veces el destino nos juega malas pasadas —dijo el sheriff fríamente.

Ella no le miró, tenía los ojos pegados al rostro ensangrentado del chico.

—Ya le advertí hace unos días, pero no quiso hacerme caso. Simplemente han tenido muy mala suerte, estaban en el lugar inadecuado en el momento más inoportuno.

—¿Qué hacemos con ella? —preguntó uno de los contrabandistas.

—Ya me ocupo yo —le contestó.

—Podríamos venderla como a la hija. Es muy guapa y podríamos sacar un buen precio.

—No, es demasiado astuta y buscaría la forma de escapar. ¿No has visto todo lo que ha sido capaz de hacer? Nunca subestimes a una mujer desesperada. Una madre es capaz de hacer cosas inimaginables por salvar la vida de su hijo.

—¿Entonces?

—He dicho que yo me ocupo. Dejadme a solas con ella —dijo el sheriff a los contrabandistas; acercó una silla y se sentó a su lado.

—Me quedan muy pocos meses para jubilarme, todo esto me pilla un poco mayor. En cuanto firme la jubilación sacaré todo el dinero y con lo que he ganado estos años me iré a las Bahamas. Necesito un clima cálido, el frío de aquí me destroza los huesos. Con mi jubilación no hubiera podido ni vivir en Miami, después de toda una vida de servicio a la comunidad y arriesgando mi vida en varias ocasiones. He ayudado a extinguir incendios, salvado a decenas de excursionistas, sacado del agua a muchas personas, rescatado a otras de una casa ardiendo o matado a algunos malhechores, pero eso no le importa a nadie.

La mujer continuaba en silencio, como si velara el cuerpo de su hijo muerto.

—Ahora todo esto lo complica. Sharon anda perdida por el bosque y tendré que dar muchas explicaciones al FBI y otras malditas agencias. Podría echarle la culpa a usted, con su historial médico no me será difícil, se volvió loca de celos, pensaba que su marido tenía amantes y decidió terminar con todos. El pobre casero escuchó los disparos, acudió y también se llevó uno. La niña sobrevivió, no crea que soy un desalmado, tengo mi corazón, una niña pequeña y confusa no creo que sea problema. ¿Verdad? A la inmigrante tendremos que eliminarla, antes de que hable, pero bueno, esas cosas pasan. Estará enferma, después de vivir en esa cueva mucho tiempo.

—Al final tendrá que pagar —dijo la mujer volviendo por unos momentos en sí.

—¿Por qué dice eso? ¿No me dirá ahora que es creyente? No parece de ese tipo de personas.

Victoria le miró desafiante, ya no tenía nada que perder. Ante la muerte solo caben dos reacciones: un extraordinario valor o una profunda cobardía.

—No volverá a dormir tranquilo. No importa dónde se esconda, de alguna forma haré que mi venganza llegue contra usted.

—No creo en fantasmas —le contestó el hombre.

—Yo tampoco.

—Bueno, creo que esta interesante conversación ha terminado. Si le preocupa su hija mayor estese tranquila. Está trabajando en uno de los mejores burdeles de Canadá. Una chica como esa puede generar mucho dinero, la cuidarán bien, para ellos es un pequeño tesoro. Qué pena que usted no pueda acompañarla.

—¡Maldito hijo de puta! —gritó la mujer dando un salto y lanzándose hacia su cuello. El hombre no se esperaba aquella reacción y se echó para atrás intentando sacar el arma. La silla se derrumbó y cayó al suelo de espaldas.

La mujer intentó robarle el arma, pero el sheriff fue más rápido y la apuntó.

—Ya le he dicho que no tiene mucha suerte —dijo mientras le hincaba el cañón en la tripa.

Victoria intentó fulminarle con la mirada, pero su instinto le hizo permanecer quieta.

—Señora Landers ha sido un placer conocerla, es una de las mujeres más valientes con las que me he cruzado en mi larga vida —dijo mientras apretaba el gatillo. Victoria sintió un fuerte dolor en el vientre y se echó hacia delante. El hombre disparó otras tres veces hasta que la mujer se desplomó en el suelo.

El sheriff la contempló indiferente, había comprendido mucho tiempo antes que las personas eran obstáculos en su camino, ya no sentía nada por ellas, ni siquiera odio o desprecio, eran meros comodines en una partida que estaba decidido a ganar a cualquier precio. Únicamente creía en la existencia de una vida, no había segundas oportunidades ni cielos ni infiernos a los que temer. Él se construiría su propio paraíso antes de morir y se rodearía de placeres sin límite. Estaba tan cerca que nadie que se interpusiera en su camino saldría ileso.

Salió del salón y llegó al porche, estiró los brazos y se dirigió al coche patrulla. Ahora tenía que hacerse cargo de su agente y la putilla; ya vería qué haría más adelante con esa maldita niña.

35. SOLEDAD

El sheriff llegó a la oficina media hora más tarde, no se había dado cuenta de que tenía una mancha de sangre en el puño de su camisa blanca. Se quitó la chaqueta y llamó a uno de sus ayudantes.

—¿Qué necesita? —le preguntó el policía después de entrar en el despacho.

—¿Han llegado una niña y una chica de Canadá? La policía tenía que enviarlas de inmediato.

—Sí, están en una de las salas de interrogatorio. No quisimos encerrarlas en una celda. Eran unas pobres víctimas.

—Haz el papeleo y suelta a la chica.

—Pero señor, tendremos que interrogarla y...

—¿Estás sordo? He dicho que la sueltes, después tráeme a la niña.

El policía salió del despacho y unos minutos más tarde dejaron a la joven salir y le llevaron a la niña.

La chica miró a un lado y al otro de la oficina del sheriff temerosa. No entendía por qué la dejaban allí en mitad de la calle, mientras comenzaba a oscurecer. Comenzó a caminar desorientada hasta que vio que un cartel indicaba Canadá. Se animó un poco, si regresaba a Canadá al menos podría intentar regresar a su ciudad y rehacer su vida. Cruzó los brazos para intentar atrapar el poco calor que desprendía su cuerpo, estaba congelada. No sabía cuánto tiempo tendría que caminar antes de llegar a la frontera ni cómo la cruzaría, pero estaba dispuesta a intentarlo. Escuchó un coche a su espalda con los faros encendidos y se apartó a un lado. La furgoneta la rebasó, pero paró a los pocos metros. La chica se quedó parada observando, dos tipos salieron del vehículo y corrieron hacia ella, cuando intentó reaccionar ya era demasiado tarde. La introdujeron a la fuerza y desaparecieron en mitad de la noche.

El sheriff sonrió a la niña que entraba por la puerta de su despacho y le pidió que se sentara.

—Hola. ¿Cómo te llamas?

—Me llamo Charlotte —respondió la pequeña.

—Me gusta tu nombre. Es muy bonito. Sabes que soy policía, puedes confiar en mí. Tu familia ha sufrido mucho, ¿verdad?

—Sí —le contestó la pequeña.

—Pero todo eso ya ha pasado.

—¿Dónde está mi madre?

—Bueno, ya no podrá hacerte más daño. Ya sabes que a veces se ponía furiosa, perdía los nervios, pero ahora comenzarás una nueva vida. Hay hogares en los que podrás tener una nueva familia.

—No quiero una nueva familia, me gusta la mía —contestó la niña.

—Ya lo sé, pero a veces tenemos que hacer cosas que no nos gustan. Si eres una buena niña, seguro que volverás a ser feliz. Ven aquí —dijo el hombre con un gesto.

La niña se acercó nerviosa hasta él. Comenzó a acariciarle el pelo y le dijo suavemente al oído.

—Nadie te hará daño, pequeña, no te preocupes por nada.

Charlotte sintió un escalofrío y se puso tensa, pero las palabras suaves del hombre parecían tranquilizarla un poco. El sheriff abrió un cajón y sacó algunas chucherías. Se las ofreció a la niña y esta le respondió con una sonrisa.

Mientras la niña comía con avidez las chucherías, el sheriff firmó una orden de busca y captura contra Sharon. Tenía la esperanza de que estuviera muerta, pero si había logrado sobrevivir, debería capturarla. En la orden incluyó que había asesinado a varios policías. Sabía que de esa forma sus compañeros intentarían disparar a matar. Después la sacó por la impresora y la dejó sobre el escritorio. Comenzó a cantar una vieja canción de amor, mientras la niña devoraba las últimas chucherías.

Sharon no logró convencer a la veterinaria de su inocencia, tuvo que reducirla y atarla a una de las columnas de la casa, la amordazó y antes de irse con su coche le prometió que llamaría a alguien para que fuera a liberarla. Caminó con dificultad hasta el coche, lo arrancó y puso la radio. Mientras la música sonaba en todo el coche, salió del claro y se adentró en el bosque camino de Canadá.

Llevaba poco más de una hora conduciendo cuando se interrumpió la música para dar las últimas noticias:

"Una familia de turistas británicos ha muerto a consecuencia de la enajenación de una agente de la ley. La ayudante del sheriff, Sharon Dirckx, una joven de poco más de veinticinco años está detrás de la muerte de Victoria Landers, que apareció unos días antes con claros síntomas de amnesia. La agente asesinó primero al doctor Sullivan, encargado de despertar la conciencia de la señora Landers y después a la propia señora Landers. Al parecer, por razones que se desconocen, había asesinado cruelmente al resto de la familia de la víctima.

El sheriff ha cursado una orden contra la agente, para que sea detenida y encerrada cuanto antes. Las autoridades advierten de que es extremadamente peligrosa y está armada. Si alguien la ve debe avisar de inmediato a la policía. La comunidad de Internacional de Falls está conmocionada por estos terribles asesinatos".

La mujer apagó la radio e intentó calmarse. Ahora que la policía de todo el Estado debía estar buscándola, debía mantener la tranquilidad y trazar un plan. Mientras cruzaba la frontera no pudo evitar recordar a Victoria y su lucha infatigable por recuperar a su familia. Paró el coche justo en la línea y miró atrás. Todo era oscuridad, pero entre los árboles aún brillaba una pequeña luz. La esperanza era la única arma que le quedaba, a muchos podría parecerles muy poco, en cambio a ella aquel pequeño resplandor la ayudaría a buscar el camino y redimirse por fin.

El Círculo

"Tras el éxito de *Saga, Misión Verne* y *The Cloud,* Mario Escobar nos sorprende con una aventura apasionante que tiene de fondo la crisis financiera, los oscuros recovecos del poder y la City de Londres"

Comentarios de lectores en Amazon:

"Es una lectura muy entretenida, interesante y una historia llena de intriga. Cuando llegué al punto de "continuará..." Me quedé expectante en relación a la segunda parte... Qué bien que ya está disponible así puedo continuar la lectura."

Claudine Bernardes

"Te atrapa desde el principio, muy ameno, ligero y cautivador, fácil lectura, repasas Historia mientras lo lees, muy recomendable, su lectura te envuelve".

Dancas

"Trama muy ágil y bien llevada. Muy recomendable, muy actual. Se lee en un rato, no sientes el tiempo, te captura desde el inicio".

Rrivas

"Una noche sin aliento para salvar a su familia y descubrir el misterio que encierra su paciente"

Argumento de la novela *El Círculo:*

El famoso psiquiatra Salomón Lewin ha dejado su labor humanitaria en la India para ocupar el puesto de psiquiatra jefe del Centro para Enfermedades Psicológicas de la Ciudad de Londres. Un trabajo monótono pero bien remunerado. Las relaciones con su esposa Margaret tampoco atraviesan su mejor momento y Salomón intenta buscar algún aliciente entre los casos más misteriosos de los internos del centro. Cuando el psiquiatra encuentra la ficha de Maryam Batool, una joven bróker de la City que lleva siete años ingresada, su vida cambiará por completo.

Maryam Batool es una huérfana de origen pakistaní y una de las mujeres más prometedoras de la entidad financiera General Society, pero en el verano del 2007, tras comenzar la crisis financiera, la joven bróker pierde la cabeza e intenta suicidarse. Desde entonces se encuentra bloqueada y únicamente dibuja círculos, pero desconoce su significado.

Una tormenta de nieve se cierne sobre la City mientras dan comienzo las vacaciones de Navidad. Antes de la cena de Nochebuena, Salomón recibe una llamada urgente del Centro. Debe acudir cuanto antes allí, Maryam ha atacado a un enfermero y parece despertar de su letargo.

Salomón va a la City en mitad de la nieve, pero lo que no espera es que aquella noche será la más difícil de su vida. El psiquiatra no se fía de su paciente, la policía los persigue y su familia parece estar en peligro. La única manera de protegerse y guardar a los suyos es descubrir qué es "El

Círculo" y por qué todos parecen querer ver muerta a su paciente. Un final sorprendente y un misterio que no podrás creer.

¿Qué se oculta en la City de Londres? ¿Quién está detrás del mayor centro de negocios del mundo? ¿Cuál es la verdad que esconde "El Círculo"? ¿Logrará Salomón salvar a su familia?

Mario Escobar

Autor *Betseller* con miles de libros vendidos en todo el mundo. Sus obras han sido traducidas al chino, japonés, inglés, ruso, portugués, danés, francés, italiano, checo, polaco, serbio, entre otros idiomas. Novelista, ensayista y conferenciante. Licenciado en Historia y Diplomado en Estudios Avanzados en la especialidad de Historia Moderna, ha escrito numerosos artículos y libros sobre la Inquisición, la Reforma Protestante y las sectas religiosas.

Publica asiduamente en las revistas *Más Allá* y *National Geographic Historia.*

Apasionado por la historia y sus enigmas, ha estudiado en profundidad la Historia de la Iglesia, los distintos grupos sectarios que han luchado en su seno, el descubrimiento y colonización de América; especializándose en la vida de personajes heterodoxos españoles y americanos.

Made in the USA
Columbia, SC
02 September 2018